遺跡発掘師は笑わない

榛名山の荒ぶる神

桑原水菜

角川文庫
23226

遺跡発掘師は笑わない

榛名山の荒ぶる神

The raging god of Mt. Haruna

主な登場人物

西原無量　天才的な「宝物発掘師《トレジャー・ディガー》」。亀石発掘派遣事務所に所属。
相良忍　亀石発掘派遣事務所で働く、無量の幼なじみ。元文化庁の職員。
永倉萌絵　忍の同僚。特技は中国語とカンフー。

千波ミゲル　長崎・島原の発掘員で無量たちとは旧知の仲。萌絵に気がある。
犬飼さくら　新たにカメケンに入った山形の発掘員。あだ名は「宝物発掘《トレジャー・ディ》ガール」。
棟方達雄　群馬・渋川の発掘会社棟方組の社長。マッチョな元走り屋。
新田清香　棟方組の社員。白いスポーツカーを乗りこなす。
アルベルト　イタリアの地質学者で、上州大学の客員教授。災害考古学が専門。
降旗拓実　宮内庁書陵部図書課の職員。手には白手袋をはめている。
JK　民間軍事会社GRMのエージェント。無量の能力に強い関心を抱く。

序章

「イセキ……？　それって、あの、俺がですか？」

西原無量《さいばらむりよう》は突然の申し出を受けて、困惑した。

目の前に座る白い手袋をはめた男は、悠然と微笑んでティーカップを持ち上げた。

「ああ、そうだよ。君にイセキしないかと持ちかけているんだよ」

この日、無量が呼び出されたのは大手町《おおてまち》にある外資系ホテルのラウンジだった。

天井の高い広々とした店内には、重厚なソファーテーブルがゆったりと並んでいて、どの席もスーツ姿のビジネスマンやらほんのり着飾った熟年夫婦やらが談笑している。無量のようなカジュアルな服装の若者は他にはおらず、明らかにひとりだけ浮いている。

同席している目の前の男もダークスーツを身にまとう。

嫌みなほど紅茶が似合うその男は、左手にだけ白い手袋をはめている。

無量のほうは右手にだけ革手袋をはめているので、はたから見ると「対」になりそうな片手袋同士の不思議な二人だ。

「えーと、……ちょっと待ってください？　降旗《ふるはた》さん」

無量は身を乗り出し、降旗拓実《ふるはたたくみ》に問いかけた。

「遺跡を調査することって、宮内庁では『遺跡する』っていうんすか」

降旗は数呼吸ほど、沈黙した。そして、

「……うん。なるほど。あいにくそういう軽薄な言い回しは、宮内庁ではしないな」

「あ、そうなんすか。……なんだ、てっきり業界用語みたいな言い方すんのかと」

胸を撫《な》で下ろしてコーラを一口飲んだ無量は、我に返って首を傾げた。

「じゃ、なんすか？　イセキ話って」

和歌山の発掘調査から帰ってきて二週間ほど経ったある日のこと。

降旗から「折り入って相談したいことがある」とのメールをもらっていた無量は、ようやくふたりで会うことになった。

降旗拓実は宮内庁書陵部《しょりょうぶ》の職員だ。

高知と香川の事件で世話になった。いかにも頭の切れる男という風貌《ふうぼう》で、宮内庁という雅《みやび》なイメージとは裏腹な眼光の鋭さは、敏腕検事を思わせる。スクエアフレームのメガネが鋭い瞳《ひとみ》を引き立てて、後ろになでつけた髪からはらりと零《こぼ》れた前髪の束は妙に男の色気を感じさせる。身につけているものは決してきらびやかではないが上質で、皺《しわ》ひとつないジャケットの着こなしまで完璧《かんぺき》だ。皇室という看板を背負っているので職員はより堅実な振る舞いを要求されるだろうから、無量からすれば、現代の公家《くげ》を前にしているようなものだ。その降旗からの「折り入っての相談」だ。

しかも無量が所属する「亀石《かめいし》発掘派遣事務所」の関係者には明かさないで来て欲しいという。

「遺跡じゃない。移籍だよ。私の知人が今度、新たに発掘派遣事務所を開設することになってね。そこに西原くんも移籍してみないか」

無量は目を丸くして、固まった。

「はい？」

降旗《ふるはた》はタブレットを取りだした。英文で記されたパンフレットのようなものが映し出されている。ピラミッドを模した重厚でシックなトレードマークが掲げられ、中央には「MCDONNELL EXCAVATION OFFICE」（マクダネル発掘調査事務所）と記されている。

内容が全て英文であるところを見ると、海外の事務所のようだ。

「所在地はシカゴだ。世界各地の発掘調査に関するコーディネートを業務とする。所属する発掘員を現場に派遣するというものだ」

「それって、カメケンの海外版ってことすか」

「まあ、近いかな」

大きく異なるのは、日本国内のみならず世界中の案件を引き受けるところだ。

ヨーロッパ、中近東、中南米、アジア……等、グローバルに展開する。計画の立案、資金集めから人材集め、巨大遺跡での長期にわたる「最新技術での発掘調査」と「復元保存」まで手がけるという。オーナーは無量も耳にしたことのある高名な考古学者たちとも親交があり、過去に様々なビッグプロジェクトにも関わっていた。遺跡名だけでもワクワクするようなラインナップだ。しかも大手の投資会社がバックについているとかで資金力が半端ない。

「私も宮内庁職員をやめて、そちらに転職することにした」

「ええっ！　降旗《ふるはた》さん、宮内庁やめちゃうんすか！」

降旗はこくりとうなずいた。

「オーナーである友人のたっての頼みなのでね。彼は世界中から腕利きの発掘屋を集めている。日本からは西原無量、ぜひ君に来て欲しい、とのことだ」

「でも拠点は海外なんでしょ？」

「ああ、だが派遣する地域は自分で選べる。日本のみは難しいがアジア限定でもいい。現場ごとに報酬は変わるが、報酬の高い現場を選べば一稼ぎも二稼ぎもできるぞ」

一例だが、と言って資料を見せる。額を見て、無量はごくりと喉《のど》を鳴らした。

カメケンの仕事とはケタが違う。

「ちなみに君の契約金だが、先方が提示した額が、これだ」

降旗はタブレットを操作して、無量の前に差し出した。

見た途端に固まった。

「……うそでしょ」

今の年収の十倍はある。

「宝物発掘師《トレジャー・ディガー》の異名は海外でも知れ渡っている。ここ数年はなぜか日本ばかりを掘っているが、君の強みはそもそも海外遺跡の発掘だ。ちがうかね」

確かにその通りだ。

遺跡も化石も、海外の現場ばかり渡り歩いてきた。

「日本の堅く狭苦しい現場では君の才能は生かし切れないと私は思う。君自身も海外の大きな現場にそろそろ参加してみたい頃合いだろう。失礼だが、今の所属事務所ではそういう案件はなかなか持ってこられないようだ。君の技能にふさわしい仕事が取れないようなら、いっそ移籍も視野に入れてみてはどうだろう。キャリアアップにもなる」

カップを置いて、どうかね？　と身を乗り出す。

だが無量の反応は芳《かんば》しくない。

「……何か不安な点でも？」

無量は革手袋をはめた己の右手をじっと見つめている。

そうか、と降旗《ふるはた》は察し、

「化石発掘ができなくなるのを懸念してるんだね。安心したまえ。マクダネルは古生物の調査もフォローしている。恐竜発掘は目玉のひとつだからね」

「……いや、そうじゃなくて」

無量は考え込むような目をしている。

「降旗《ふるはた》さんたちが俺に期待してるのは、宝物発掘師《トレジャー・ディガー》の西原なんすよね。この右手の変な反応を……〈鬼の手《オーガ・ハンド》〉をあてにしてるんすよね」

本音ど真ん中を突いた物言いに、降旗はややうろたえたようだった。

無量の右手にはヤケドの痕《あと》がある。引き攣《つ》れた皮膚は醜い鬼が嗤《わら》っているように見える。幼い頃、祖父に焼かれた。祖父・西原瑛一朗《えいいちろう》は高名な考古学者だったが、発掘調査で遺物の捏造《ねつぞう》をしでかして、大学と学界を追われた過去がある。

その祖父に焼かれた右手は不可思議な感覚を持つようになった。土の中に遺物の気配を感じると右手が教えてくれるのだ。疼痛《とうつう》を発したり、熱を持ったり、疼《うず》いたり、痺《しび》れたり……。まるで右手自体が意志を持つかのように、無量に教えてくれる。

実際のところは、無量自身の発掘勘が神経を興奮させて、右手の古傷を疼かせているだけなのだと無量は思うが、あまりにも外さないので〈鬼の手〉なんて呼ばれるようになった。超能力みたいな言われ方は不本意で、「神の手」のようなうさんくささを伴うから、無量も自分からは言い出さないが、海外の発掘者の間ではすっかり評判になってしまっているようだ。

「まったくあてにしてないとは言わないが」

降旗は率直に答えた。

「君の〈鬼の手〉が掘り当ててきたものは実際、多数存在するわけだからね」

「なら、その〈鬼の手〉の力がなくなってしまったとしたら？」

降旗《ふるはた》はあからさまに怪訝《けげん》な顔をした。

「……いま、なんて？」

無量は右手をさすりながら、しばし押し黙った。

「鬼はいつまでもいてはくれないかもしんないいって話っすよ……」

降旗は少し困惑していたが、表情を和らげ、腕時計を見て、

「……この後、時間はあるかな？　こんなところで堅苦しい話をするのもなんだ。そろそろ夕食の時間だし、よければ焼肉でも食べにいかないか」


肉につられたわけではなかったが、今日はとりたてて予定もなかったので、無量は素直に応じた。ホテルを出て、路面店の焼肉屋に入った。炭火の網を囲み、上着を脱いだ降旗は腕まくりをしてカルビを焼き始める。

肉に舌鼓を打ってアルコールが入ると、自然と会話は最近の発掘話になる。先ほどとはうって変わって、降旗はざっくばらんな一面を見せ、網の上で肉を焼き合っていると、みるみる打ち解けてきた。

「そういえば、相良《さがら》くんは元気かね」

「忍《しのぶ》っすか？　元気っすよ。今はユーチューバーになりかけてますけど」

降旗が目を剝《む》いた。ずり落ちかけたメガネを慌てて指先で持ち上げた。

「な……何だ、それは。派遣事務所の仕事はどうした」

「そのカメケンの仕事で動画配信始めたんすよ。こないだもCM作ってました。めっちゃ凝ったやつ。カメケン・チャンネルで検索すれば出るんで」

降旗《ふるはた》は呆《あき》れている。カメケンの運営方針がさっぱり理解できないようだ。

「……まあ、動画配信は今時どこもやってるから珍しくはないが、相良のやつもどこにそんな余裕が……」

「え？」

「あ、いや……。そうだ。カンフーの彼女はどうしてる？」

「永倉《ながくら》っすか？　あいつもなんか最近様子が変なんすよね」

悩み事でもあるのか。無量が事務所に顔を出すと、ずっと何か考え込んでいるのだ。

「あいつも、めきめきと武術の腕があがってるから、どっちが本分なんだか……」

降旗とふたりきりで会ったのはこれが初めてだが、堅苦しさがとれると意外にも話しやすい男だった。鋭かった眼光も和らぎ、無量の話に相づちを打ちながら、肉奉行を買って出る。袖《そで》をまくりあげた手でいい具合に焼けたタン塩をひょいひょい皿に載せてくる。

気がつけば、たっぷり三時間も飲み食いしてしまった。

腹が膨れたふたりは、ほろ酔い気味に、肩を並べて夜の繁華街を歩いていく。

夜風は爽《さわ》やかで、気持ちよかった。

地下鉄への降り口で、降旗は用意してきた書類の束を無量に差し出した。

「……まあ、突然もちかけられてもすぐには返答できないだろうから、これを読んでじっくり考えてくれたまえ。質問はいつでも受け付ける」

「はいっす」

「あと、今回の件なんだが、相良くんにはまだ内密にしておいてくれるかな」

無量は怪訝な顔をして、

「だめなんすか？　他のやつはともかく、忍は身内みたいなもんだから真っ先に相談したいんすけど」

「すまないね、一応ライバル事務所からの引き抜きという形になるからね。事務所開設もまだ水面下の話だ。君のご家族に相談するのはかまわないが、相良くんはカメケンの職員でもあるから」

機密漏洩《ろうえい》になるから勘弁してほしいという。所属発掘員のライバル事務所への移籍をよく思うはずはないだろう。

「君が『移籍したい』と申し出たところで、なんだかんだと理由をつけて引き止められるだろう。そうでなくとも君はエース発掘員《ディガー》だ。君も今の事務所に愛着があるだろうから、なかなかそれを振り切ってというのはむずかしそうだ。でもそれが君のためになるとは思えない。フラットに判断してほしいんだ」

降旗の口調にはやけに熱がこもっている。

「もう十分に経験を積んだ君にとって、大きな飛躍のチャンスだと思う。世界にはまだまだ未知の遺跡が埋もれている。それを真っ先に掘りまくれるんだ。ワクワクしないか？」

「するっすね」

「世界的発見に繋《つな》がる大仕事がわんさと待ってる。世界史を塗り替えるような遺物や遺跡を、その手で掘り当てるんだ。まさに宝物発掘師《トレジャー・ディガー》にふさわしい舞台じゃないか」

酔いも手伝ってか、クールな降旗《ふるはた》とも思えないほど口調が熱い。

「君が追い求めている発見の喜びは、もっともっと大きなものにできる。誰もが手に入れられるチャンスじゃないぞ。限られた人間だけに送られる招待状だ。こんな小さな島国を掘るだけで満足するな。一緒に世界を揺るがす大きな仕事をしよう」

いい返事を待っているよ、と降旗はためらいなく無量の右手を握った。

無量はどきりとした。

「私なら君のこの手のことも理解できる」

「降旗さん……」

「安心したまえ。私がついているよ。この先もずっと」

じゃ、と言うと、別人のように人懐っこい笑顔になって、降旗は地下に続く階段を下りていく。

無量は見送った。

革手袋をはめた右手を見つめる。

──私なら君のこの手のことも……。

降旗《ふるはた》とは共感しあえると感じた。同じようなヤケドの傷痕《きずあと》を抱える者同士だ。肉体の苦痛、今までのように手が使えなくなった絶望、ぶつけどころのない怒り、悲しみ、孤独……。ヤケドを負う前と同じ生活には戻れないと知って、眠れない夜を何日も過ごした。

同じ道を辿《たど》ってきたからこそ通じることもある。長年治療をしてきた患者同士にしかわからないことも降旗とは話せたのが嬉《うれ》しかった。健常者にはなかなかわかってもらえない不便さも悩みも。右手のことをこんなにあけすけに話せたのは初めてだったからか、自分でもびっくりするほど話が止まらなかった。

「降旗氏……ぜんぜん、いいひとじゃん。忍」

忍はやたらと降旗を警戒するが、強面《こわもて》に見えるだけで話しやすいし、プライベートではびっくりするほど人懐っこく笑う男だ。拍子抜けするほどだ。

移籍先から提示された契約料も、それだけ自分の腕を買ってくれている証拠だと思えば、単純にうれしくはあったが。

「………。どうしたものかな」

無量は溜息《ためいき》をついて夜空を見上げた。

大きな星がひとつ、ビルの谷間に輝いている。

＊

帰りの電車はそこそこ混んでいた。

無量はドア横に立って、窓の外の街並みを眺めている。

移籍など今まで考えたこともなかったが、破格の条件だということはわかる。祖父の事件で負債を抱えた実家への仕送りを考えると、報酬はより高い方がありがたいに決まっている。亀石には育ててもらった恩があるが、海外の遺跡で自由に掘ることができるという誘いは、魅力的以外のなにものでもなかった。

だが無量にはひとつ、気に掛かることがある。

右手だ。

最近、右手が何も騒がない。

発掘現場に立っても、スイッチが切れたかのように、何の反応もないのだ。

前回の事件からだ。佐分利《さぶり》家の山で転法輪筒を捜していたとき、右手が全く反応しなかった。まるで濃霧の真っ只中《ただなか》で体内のレーダーが利かなくなってしまったようで、ひどく焦った。結局、目的の遺物はその山にはなかったわけだが、今まで感じていたものが何も感じられなくなる怖さを味わった。

更に気になるのは、夢に「空海《くうかい》らしき僧侶《そうりょ》」が出てきたことだ。その僧は『(遺物が出るのと引き替えに）この鬼をもらう』と言って無量から右手を取り上げた後、不動明王《ふどうみようおう》に化身した。そんな夢を見て以来、現場に立っても右手が騒がない。

経筒を掘り当てた時も、いま思えば、右手が騒いだわけではなかった。

その後、東京で何ヵ所か試掘を行い、土器片や陶器片を掘り当てたけれども、やっぱり右手は何も感じず、何も応答しなかった。

単に気候が良くて古傷が疼《うず》かないだけなのか。

それとも右手が騒ぐほどの遺物が埋まっていなかっただけなのか。

まさか……右手の力がなくなってしまったというのでは。

沈黙する右手が、無量の不安を掻《か》き立てる。あれだけ気味悪く思っていた感覚だが、いざなくなってみると、それは不安でしかない。

〈鬼の手〉を失った自分は、平凡な作業員だ。

そんな高額の契約金を受け取っていい発掘屋ではないのではないか。


もやもやした気持ちを抱えていつもの駅に降り立った無量は、改札を出たところで、亀石発掘派遣事務所の永倉萌絵《もえ》とばったり鉢合わせした。萌絵は残業帰りだった。

「西原くん。今日お休みじゃなかったの？」

「ちょっと人と会ってた。仕事帰り？」

萌絵は珍しくお疲れのようだった。夕食はまだ？　と訊《き》かれたので「もう済ませた」

と答えると、

「じゃ、一杯だけつきあってくれない？」

無量もなんとなくこのまま帰って忍と顔を合わせるのは気まずかったから、萌絵に出くわしたのはラッキーだった。

とは言え、カメケンの萌絵に移籍話を相談するわけにもいかない。それでも萌絵なら気が置けない仲なので、ただ飲むだけでも気が紛れるはずだ。

ふたりが入ったのは間口の狭い焼き鳥屋だ。夕食めあての客と入れ替えの時間帯でカウンター席が空いたところだった。レモンハイと焼き鳥をいくつか頼んだ。

「誰と会ってたのかな？　お友達？　まさか女の子？」

「オトコ。つか、おじさん。仕事がらみの」

降旗《ふるはた》の名前を出して忍に伝わるのも困る。萌絵は「へー」とあっさり流した。

空腹の萌絵はいつもなら片っ端から串《くし》にかじりついて、串入れがみるみるいっぱいになるところだが、今日は珍しくひとつひとつ取り外しなどして、ちまちま、つまんでいる。そんなお上品な食べ方をする萌絵を初めて見たので、無量はつい、

「腹でも痛いの？」

と訊《たず》ねてしまう。

やっぱり元気がない。

このところ、ずっとこんな調子だ。

「カメケン・チャンネルのことでなんかあった？　困ってんなら話聞くけど」

「あ、そっちは順調。キャサリンがはりきってるから」

カメケンCMは結局、忍の作品が採用された。これはもう仕方ない。凝り性な忍は短期間で動画作成を習得し、プロが作ったかと思えるほど完成度の高いCMを作り上げた。遺跡発掘のロマンとプロフェッショナルの技と発掘屋の情熱が詰まった感動作だ。

それに比べて萌絵の作品は、無量からは「初めてPCに触れたおじいちゃんが撮って編集した孫の運動会」と言われてしまうレベルだった。

が、その後に奇跡が起きた。

萌絵を憐《あわ》れんだ亀石が、そっと動画配信サイトにあげてくれたのだ。すると「佐分利亮平《りょうへい》が出ている変な動画がある」と評判になった。佐分利は前回の現場で知り合った能楽師で、人気の舞台俳優でもあった。そのファンが気づいてSNSで一気に広まった。素人丸出しの動画全体に漂う独特なセンスがくせになるのか、たった三日で再生数が十万を超えた。

いまは八十万に達していて近々ミリオンを達成しそうな勢いだ。

「……あれな。まあ、バズったのはサブリン効果だと思うけど、サブリミナルみたいにちょいちょいパンダが出てきたり、たぶんインディ・ジョーンズっぽくしたかったんだろうけどただのホラーだったり、意味のわかんない効果音が入ったり……サイコすぎて、ある種天才的だったわ」

「それ明らかにディスってるよね」

「カメケン・チャンネルの件でないなら、なに？　給料でも減らされた？」

萌絵はまた、溜息をついた。

ピンチの場面では力強い拳《こぶし》を繰り出すいかり肩が、妙に細くなっている。

「……和歌山で、ほら。佐分利さんとこの能を観たでしょ」

「例の秘曲？　『三体月《さんたいづき》』？」

「なんか猛烈にガツンときちゃって。サブリンのお父さんの舞と萬海《ばんかい》さんの護摩に」

まだ引きずっていたようだ。

確かにすこぶる衝撃を受けてはいたが、ここまで引きずるのは萌絵にしては珍しい。

「あのふたりの芸の究め方に圧倒されちゃって……。あ、萬海さんのは芸とは違うけど、道を究めるってこういうことなのかって。私も武道をやってて、それなりに鍛錬してきたけど、結局ただ闇雲にいろんな流派のつまみぐいしてるだけだったなって……」

幼少期の少林寺拳法《しょうりんじけんぽう》からはじまって空手、中国拳法と幅を広げ、少林拳《しょうりんけん》、太極拳《たいきょくけん》、蟷《とう》螂拳《ろうけん》、八極拳《はっきょくけん》、八卦掌《はっけしょう》、ジークンドー……などなど、ざっと十種類は身につけた。

「武術マニアか」

「自分に一番しっくりくるのはどれかって試行錯誤してたんだよ。けどそれよりも一本の流派を究めることの方がはるかに強くなれるんじゃないかって」

萌絵は「それでね」と言葉を継いだ。実は萌絵も数日前、ある人物から誘いを持ちかけられていたのだ。

蟷螂拳の師匠・陳《ちん》だ。たまたま中国武術のイベントで来日して、久しぶりに再会を果たした。手合わせをしたところ、中国で行われる上級者大会への出場を勧められた。大会で上位入賞を果たせば、カンフーのみで食べられるようになり、指導者への道も開ける。大会出場のために向こうでみっちり毎日六時間以上稽古《けいこ》しなければならないが、武術協会の職員になれば、きっちり月給ももらえる。滞在費も向こう持ちだという。またとない話だ。

無量にとっては寝耳に水だ。

「カメケンはどうすんの。コーディネーターになるんでしょ」

「うん、もちろんそうなんだけど」

萌絵は近頃、自信を失いつつあったのだ。

「我ながらどんくささがつらいというか、……やっぱりコーディネーターは相良さんみたいな人がなるべきで、私みたいなのはもっと他の道に進んだほうが社会の役に立つんじゃないかと……」

そこに加えて先日の『三体月』ショックだ。「道を究めた人々」の迫力にあてられた。

「私もああいう域にまで行きたいと思った。私みたいな中途半端な人間は、一本の道を地道に歩いて、やっと一人前になれるんじゃないかって」

萌絵なりに向上心をもって自分の生き方を模索しているのだ。

　無量はうろたえている。

「中途半端って言われたら、俺みたいな二足のわらじは肩身狭いんだけど」

「西原くんは二足のわらじを履いてても、どっちも一人前どころか、どっちも一流だからいいの。でも私はそうじゃないんだもん」

　本当に自分が進むべき道は、これなのだろうか。これでいいのだろうか。

　無量の発掘に感動して遺跡発掘コーディネーターになることを目指してきたけれど、やはり人には向き不向きがある。どちらかといえば、いや、いうまでもなく、武術のほうが圧倒的に向いているし、今はそれを究めたいという意欲も強い。

「もっともっと強くなりたいの」

　萌絵の言葉に、無量は黙るほかなかった。

　確かに萌絵の腕はそんじょそこらの武術家のものではない。ボクシングの元世界チャンピオンとも渡り合い、多人数を相手に闘っても負けない。超実戦型であることはまちがいない。単なる「取り柄」どころか、これは間違いなく才能だ。一流になれる才能だ。

　第三者から見てもそうなのだ。本人が自覚していて、その道を究めたいと思ったなら、「やめておけ」なんて言えるわけもない。

「確かにコーディネーターを目指して勉強してた昨日までの私からすれば、心変わりにもほどがあるよね。でも今は武術のことで頭がいっぱいなの」

　萌絵の熱意は明らかにそちらに傾きつつある。

「遺跡発掘に興味はなくなったってこと？」

「ううん、そうじゃない。純粋に武術を究めたいって気持ちが止められないの」

なんだか別れ話をしているような空気になってしまい、ふたりは沈黙してしまった。

無量は耐えられなくなって、一旦《いったん》、手洗いに立った。席を離れて心を整えてから、萌絵のもとに戻ってきた。

「……いいんじゃないかな」

「え？」

「永倉はやっぱ武術の才能があるんだから、そっちのばしたほうがいいんじゃないかな」

「西原くん……」

珍しく茶化しもせずに理解を示した無量に、萌絵は驚いた。

「西原くんはいいの？　私がカメケンやめても」

よくないよ、と喉《のど》まで出かかったが、口にはできない。萌絵の人生を考えれば、引き留める権利も資格も無量にはない。

「誰のもんでもない。永倉の人生でしょ。やりたいことやったら」

萌絵は無量に引き留めてもらえなかったことに、少なからず落胆したようだった。

「……そうだよね。西原くんには相良さんがいるもんね。マネージャーもコーディネーターも相良さんにやってもらえればいいんだし」

「いや、そういうことが言いたいんじゃなくて」

「相良さんがいれば満足なんだもんね。うん、そっか。それなら私も安心だ」

「だから、そういうことじゃなくて」

「考えてみるね。真剣に武術留学のこと」

萌絵はにっこり笑っていた。

「私の人生だもんね」

ふたりは店の前で別れた。

背筋をピンと伸ばして去っていく萌絵を、無量はとうとう引き留めることができなかった。

言えない。ただ自分がそうしてほしいからなんて気持ちだけで「カメケンにいてよ」などとは言えるわけもないのだ。

「どうしよう」

動揺が収まらない。無量は茫然《ぼうぜん》とするばかりだ。

*

「おかえり、無量。遅かったじゃないか」

帰宅した無量を忍はキッチンから出迎えた。エプロンをつけて明日の弁当の下ごしらえをしている。

「誰かと飲んでたのか？」

忍に問われて無量は一瞬、詰まった。忍の前で降旗《ふるはた》の名は出せない。

「永倉と飲んでた。いつもの焼き鳥屋で」

「そうだったんだ。ならよかった」

「そのタッパーは？」

忍はいつも自分と無量の分の弁当を作るのだが、もうひとつ、見慣れないタッパーが置いてある。さくらさんのだよ、と忍が言った。

「現場で仕出し弁当ばっかり食べてたらニキビが出るようになったって困ってたからさ、だったら俺が君の分も弁当作ってあげようか？　って」

この春、カメケンの派遣発掘員になった犬飼《いぬかい》さくらだ。山形から東京に出てきて今は一人暮らしをしているのだが、朝が弱いさくらはなかなか自力で弁当の用意ができないらしい。仕出し弁当は揚げ物が多いので毎日食べていたら肌が荒れてきた上に、気のせいか、お腹も出てきてしまったのだ。

「試しに一度作って持ってったら大喜びだったよ。んめーんめーって満面笑顔で喜ぶもんだから、こっちも嬉《うれ》しくなっちゃって」

弁当の中身は大体、夕飯の残りを使い回すのだが、俄然《がぜん》張り切った忍は、ついにキャラ弁にまで手を出してしまった。さくらの喜ぶ顔が見たいばかりに、彼女の好きな山形のゆるキャラを模した切り絵を海苔《のり》で作っている。

「あの子、どことなく無量と似てるから、ついもうひとり妹ができたみたいな気持ちがしちゃってね。ますますやり甲斐《がい》が出てきたよ」

忍の実妹は、ある事件に巻き込まれて父母と共に亡くなっている。その妹にしてやりたかったことでもあるのだろう。そう思うと無量は胸が痛かった。

「ミゲルには作ってやらないの？」

千波《せんば》ミゲルだ。

彼もこの春、長崎から出てきてカメケン所属になった。

「ミゲルは揚げ物たっぷりの仕出し弁当のがいいみたいだ。……ミゲルといえば、最近、永倉さんが元気がないみたいなんだけど、なんか聞いた？」

「うん……まあ」

口止めはされていないが、あえて一から打ち明ける元気もなかった。

「仕事のことかな」

「うーん……仕事とは関係ないみたい」

「まさか転職を考えてるとか？」

忍は勘が良い。

無量は慌ててとりつくろい、

「まあ、ほら、あいつもそろそろアラサーだからいろいろあるんじゃない？　俺、シャワー浴びて寝るわ。お先」

と脇をすり抜けてバスルームに向かう。すれ違いざま、忍は無量から妙な臭いを嗅《か》ぎ取った。焼肉の臭いだ。

同じ炭火でも焼き鳥とは違う。牛肉の臭いがした。

忍は勘が良い上に鼻が利く。無量が風呂《ふろ》に入ったのを確認して、ソファーに放り投げてある無量の上着を嗅いだ。やはり「鶏《とり》」ではない。「牛」だ。炭火の臭いに混じってほんのりと韓国焼酎《しょうちゅう》の香りがした。行きつけの焼き鳥屋には置いていない酒だ。

「失礼するよ、無量」

不審に思った忍は無量のバッグを探った。Ａ４封筒の中にやけに豪華なパンフレットが入っている。目を通した忍は息を呑《の》んだ。

「これは……」

＊

「わー、ありがとうございます！　相良さんのお弁当、今日も食べれて嬉しい」

犬飼さくらは満面に笑みを湛《たた》えて喜んだ。

翌日のことだ。始業前に発掘現場に立ち寄った忍は、さくらに弁当を渡した。ぱっつん前髪のショートボブがかわいらしいさくらは、色白の丸いほっぺを紅潮させて喜ぶ姿が少女のようで、にわかに場が明るくなる。

街の真ん中にある発掘現場はすでにだいぶ作業が進んでいる。ほぼ掘り終えて、今は測量が中心だった。

さくらは眠そうにあくびを連発している。

「珍しいね。夜更かしでもした？」

「それが、ゆんべ、永倉さんから呼び出されちゃって」

——さくらちゃん、ちょっとだけつきあってくれる？

ふたりの家は近い。近所のチェーン居酒屋で落ち合った後、萌絵がいきなりヤケ酒をかっくらい始めたらしい。さくらは翌日の仕事があるのでアルコールは飲まず、ウーロン茶だけで、夜中までつきあったという。

「ヤケ酒って、なんでまた……」

「なんかやたらと無量さんのことさディスってたっぺなあ。『西原くんにはどうせ私なんかいなくてもいいんでしょ』とか、『もう相良さんと結婚しちゃえば』とか。最後は大泣きしちゃってたけど……、萌絵さんと無量さん、何かあったんだべか」

それはこっちが聞きたいところだ。忍にもわけがわからない。無量は萌絵と一緒に呑んだと言っていたが、その席でケンカでもしたのだろうか。

忍のスマホにメッセージが着信した。

同僚のキャサリンからだった。萌絵が二日酔いで役に立たないから代わりに派遣員の面接にいってくる、とある。さすがの萌絵でもいつもなら週のど真ん中に仕事で支障を来すような飲み方はしないはずなので、よほどのことがあったらしい。

「萌絵さんがどげんしたっとですか！」

出勤してきたミゲルがふたりの話を地獄耳で聞きつけて、飛んできた。日本人の母と米国人の父を持つミゲルは体も大きく、ツーブロックのベリーショートに顎鬚《あごひげ》を生やし、ピアスをつけて派手なニッカボッカを穿《は》いているので一見オラオラ系なのだが、女神を崇《あが》めるかのように萌絵に惚《ほ》れている。

話がややこしくなるので、ミゲルには「ただの飲みすぎ」と説明したが——。

昨日の無量といい、萌絵といい、何か忍の与《あずか》り知らぬところで怪しい物事が動いている気配がする。無量のバッグから米国の発掘調査会社のパンフレットが出てきたり、萌絵がヤケ酒騒動を起こしたり、忍は胸騒ぎがしてならない。

「ああ、そう言や相良さん。さっき亀石所長からメッセージが来たとです。次の現場が決まったとかって」

ミゲルがスマホを取りだして言った。

「西原と俺とさくらと三人で行ってこいって」

「無量も？」

「わーい、やっと無量さんと掘れる。やったー！」

さくらは飛び跳ねて喜んでいる。今度はどこか、と問いかけると、ミゲルは画面をスクロールして読み上げた。

「群馬県渋川市《しぶかわし》。えー……と榛名山《はるなさん》のふもとにある遺跡だと」

「わあ、群馬！　ぐんまちゃんのいるとこだあ」

ミゲルもさくらもこれが本格的な「派遣発掘」となるため、いたく興奮している。

「うおっしゃ、今度こそ大当たりばキメて、萌絵さんによかとこ見せんば！」

近場以外で、カメケンから三人も同時に派遣されるのは珍しいことだ。今回も指名付きの学術発掘のようだ。

忍はなんだか落ち着かない。

果たしてこのもやもやした状況を引きずったまま無量を派遣先に行かせていいものか。

「仕方ないな……」

忍はスマホを取りだして、自分のスケジュール調整のためのメールを打ち始めた。

＊

カーテンを閉めた暗い書斎には、パソコンのモニターだけがやけに眩《まぶ》しく光っている。

壁に作り付けた本棚にはぎっしりと書籍がつまっている。

点滅するカーソルを眺めながら、革張り椅子に腰掛けていた男はスマホに向かって英語で話をしていた。

「……はい。〈革手袋《レザーグラブ》〉との接触に成功しました。例の件も伝えました。感触ですか？

悪くはなかったのではないかと思います」

紅茶のカップを持つ手は、白い絹手袋をはめている。

「思いのほか、心を開いているように見えました。キャリアアップにも興味を示していたようですし、相良が勘づいたとしても、まあ、止めることは難しいでしょう。事実を明かせば、相良自身の立場が悪くなるだけですから」

机の上には「マクダネル発掘調査事務所」のパンフレットが置かれている。

メガネのレンズにはモニターに映し出された画像が反射している。

西原無量の写真だ。

発掘経歴がびっしりと並んでいて、一番新しい項目に和歌山での発掘が追加されている。補足として、昨日、無量から直接聞いた佐分利家での私的発掘の経緯も載っていた。

降旗は新規の項目にカーソルを合わせ、文字を打ち込みながら言った。

「……ただ少し気に掛かることを口にしていたので、次の発掘での推移を見守ります」

降旗《ふるはた》拓実は小さく微笑んで、モニターに映る無量を見やった。

「ご心配なく。計画通りうまく日本から送り出しますよ。良い報告を待っていてください。ＪＫ」

第一章　日本のポンペイ

群馬県は「鶴」の形をしている。

群馬の名物や名所を集めた「上毛《じょうもう》かるた」にも「つる舞う形の」と書いてある。

無量たちの次なる現場となる渋川市は、その鶴の腹にあたる。「群馬のへそ」にある渋川市は年季の入った「日本のへそ」の街としても有名だ。

上毛三山のひとつ「榛名山」の麓《ふもと》にある。

「あれかなあ。あの大きな山かなあ」

関越《かんえつ》道の藤岡《ふじおか》ジャンクションを過ぎたあたりで、さくらが窓を眺めて言った。

「あれは浅間《あさま》山《やま》だと思うよ。あっちは西のほうだから軽井沢《かるいざわ》方面だな」

ハンドルを握る忍《しのぶ》が答えた。

今回は亀石《かめいし》のミニバンを借りて、早朝から五人で仲良く車で移動だ。派遣発掘員の無《む》量《りょう》とさくらとミゲル、それに忍と萌絵《もえ》がついていく恰好《かっこう》となった。

さくらはちょっとした旅行気分なのか、朝が弱いにもかかわらず、出発前からはしゃぎっぱなしだった。瀬戸内海《せとないかい》の本島《ほんじま》で「見知らぬ土地での発掘」に味を占めたのだろう。

地元以外での発掘が愉《たの》しみで仕方ないらしく、誰よりもウキウキしている。

他の三人は朝が早かったため爆睡中だ。さくらと忍が仲良くお喋《しゃべ》りしながらドライブする姿は「兄と妹」というよりも「お父さんと娘」のようだ。

「もう高崎《たかさき》着いた？」

無量が目を覚ました。外はよく晴れている。早朝出発のおかげで大きな渋滞にも引っかからなかった。

「渋川まであと二、三十分くらいかな」

「おお、赤城山《あかぎやま》だ」

上毛三山と呼ばれる「赤城山」「榛名山」「妙義山《みょうぎさん》」。

地図で見て「鶴」の首は関東平野のふちにあたり、周りを囲む山の稜線《りょうせん》はユニークで起伏に富んでいる。裾《すそ》野が優美な山もあれば、凹凸が激しい山もあり、さながら山の品評会だ。

「山形の山とは全然ちがうんだべなあ」

「共通点もあるよ。温泉が多い。渋川には有名な伊香保《いかほ》温泉がある」

「聞いだことある。石段がすごいとこでしょ？　そこさ泊まんの？」

「はは、伊香保に連泊して仕事ができたら最高なんだけどなあ……」

ふたりの笑い声に、助手席の萌絵が「はっ」と目を覚ました。

「すみません、相良《さがら》さん！　助手席なのに爆睡しちゃった。運転代わりますか」

「いいよいいよ、もう着くから」

「私としたことが。相良さんの高速クルーズがあまりになめらかすぎて、つい快眠してしまった」

「あんたに高速運転されたら、おっかなくって、こっちはおちおち寝てられないっつの」

後ろの席から無量が憎まれ口をきいた。

が、いつもなら即座につっかかってくる萌絵が反応しない。つーん、とスルーされた

ものだから、無量は肩すかしをくらってしまった。

朝からこの調子だ。こうなると困惑するのは無量だ。萌絵が反論するからじゃれあい

も成り立つのに、これではただのいじめっ子だ。そこにミゲルも起きてきて、

「ふわあ。萌絵さん、おはようございまーす」

「あ、ミゲルくんも起きたのね。目覚めの紅茶飲む？」

「え！　はい、もちろん！　萌絵さんの紅茶、いただきます！」

無量はあからさまに蚊帳《かや》の外だ。忍とさくらは空気を察して、同情している。

「そろそろ高速おりるよ。コンビニ寄るから買いたい物があるひとはそこで仕入れるこ

と」

忍が引率の先生のように言い、さくらたちは「はーい」と答えた。

＊

今回の発掘調査は、教育機関による学術調査だ。

調査責任者である上州《じょうしゅう》大学の高浜《たかはま》教授は亀石の大学の先輩にあたる。無量たちの活躍を亀石から聞いて、じきじきに指名してきた。

専門は古墳《こふん》時代。西暦三〇〇年から六〇〇年くらいか。

古墳から集落遺構まで、数多くの発掘調査に関わってきた人物だ。

「群馬に古墳なんかあったと？　古墳って言うたら断然、九州や近畿《きんき》でしょ」

コンビニで休憩していた一行は、ミゲルの言葉に固まった。無量はくわえていたコーヒー牛乳のストローを口から落としそうになった。

「ミゲおまえ……。群馬県人の前でそんなこと口走ったら市中引き回しの刑にあうぞ」

ミゲルは自分の失言に全く気づいていない。横から萌絵が、

「群馬県はね、古墳大国なの。上毛野国《かみつけのくに》といって、古墳時代には東日本一、力を持っていたとされる国があったみたい。大豪族がいたらしくて古墳も全部で一万四千基以上あるって話」

「そげんあっとですか！」

「代表的なのは綿貫観音山《わたぬきかんのんやま》古墳。未盗掘の古墳で新羅《しらぎ》をはじめとする朝鮮半島との関係

を思わせる副葬品がざくざく出て圧巻なんだって。太田《おおた》天神山《てんじんやま》古墳は東日本最大の古墳だし、近畿や九州に負けないくらい副葬品のレベルが高いの。中でも埴輪《はにわ》が凄《すご》い」

「どげんすごかとですか？」

「国宝や国の重要文化財になってる埴輪の四十五％が群馬産」

「ほぼ半分！」

「群馬では埴輪が独自の進化を遂げたみたいで他の地域よりもバリエーション豊かなの。おかげで古墳時代の衣食住や風習に関するあれこれが判明してね、それもこれも群馬の埴輪のおかげ。埴輪大国とも言えるかもね」

「あと群馬の埴輪はでっかい。馬の埴輪が人の背丈くらいあったりする」

　無量が横から答えた。

「その馬の埴輪がめちゃ多い。群馬だけに」

「群馬だけに」

「古墳時代の馬はね、権力と財力や軍事力の象徴だったみたい。憧《あこが》れのスーパーカーや最新式の戦車みたいな感覚かなあ。最新技術をもつ渡来人もたくさんいたらしいよ。つまり古代の群馬にはそれだけ力を持つ豪族がいたって証拠」

「楽しみだなあ、群馬のハニワぁ。早く掘りたいなあ」

　さくらはゆるキャラを思わせる埴輪が幼少の頃から大好きで、地元では「埴輪ハンター」の異名をとっていたほどだ。

「なら今回の発掘も古墳なんすか？」

「いや、ちょっと違うな」

忍はコンビニの向こうにそびえる山を見やった。

「鍵《かぎ》は、あの榛名山」

榛名山とは「複数の頂を持つ二重式火山の山体」を指している。阿蘇山《あそざん》などと一緒で、その名を持つ山自体は存在しない。国道から見ると、なだらかな山稜《さんりょう》に、目立つとんがりが数個ある。あれらがまとめて「榛名山」だ。

中でもよく知られているのは榛名湖のほとりにある「榛名富士《ふじ》」と呼ばれる円錐《えんすい》形の山で、多くの人はそれを指して榛名山と呼んでしまうが、それは阿蘇の中岳《なかだけ》を「阿蘇山」と呼んでいるようなものだ。

無量たちを乗せた車は、集合時間よりも三十分ほど早く到着した。梅雨入り前でまだいくぶん空気がひんやりしている。渋川の市街地の、やや外れたところにある「現場」にはまだ誰も来ていなかった。

「視界が開けてて気持ちのいいところだなあ……」

住宅密集地が途切れたところにあり、なだらかな斜面は一面、畑となっている。畝《うね》が高い独特の畑だ。

ここから見渡せるのは榛名山ではなく、利根川《とねがわ》の向こうに大きく裾野を広げた赤城山だ。赤城山を正面に見て左手には子持山《こもちやま》、その手前には工事中の高架橋が横たわる。なかなか雄大な眺めだ。すぐ背後にそびえるのが「榛名山」のはずだが、ここからは近すぎてその全容は見えない。手前の小高いところにある道が旧三国《みくに》街道だ。

「それにしても広かー。これ全部掘るっとか。えらいこっちゃな」

いくら「ユンボ使いの神」さくらがいるとは言え、人数次第では大仕事になりそうだ。

「さくらちゃんは、なにか出そうな気配感じる？」

萌絵に訊《き》かれて、さくらは大きな目を凝らした。

「うん、なにかすごいのが埋まってそう、特にあのへん」

と向かって左端のあたりを指さした。萌絵から見ると、何の変哲もない畑である。

「西原《さいばら》くんは何か感じる？」

「……いや……べつに」

茫漠《ぼうばく》とした大地に風が吹くだけだ。

何も聞こえない。

遠くの線路を走る電車や車の音が聞こえるだけで、無量の耳には遺物の声のようなものは聞こえない。

無量は革手袋をはめた右手を見た。

あれから右手は相変わらず沈黙したままだ。痛みも疼《うず》きもなく、肉体的には快調と言えるが、発掘現場に来たのになんの反応もみせない右手に、無量は若干、不安を感じている。

「おっ。きたきた。あれかな」

畑の一本道を数台の車があがってくる。

発掘現場の駐車場に入ってきた車列の車種を見て、無量たちは目が点になった。

「……なにあのクルマたち……」

ブォンブォンと重低音の排気音をあげながら無量たちの前に駐《と》まったのは、どれもスポーツモデルの国産車だ。ノーズが長かったり、スポイラーがついていたり、今時珍しいリトラクタブルヘッドライトだったりと、いずれも一昔前によく見かけた往年の名車たちなのだ。そんなクルマが続々と駐車場に入ってくる。窓や車体にはステッカーが何枚も貼られ、どれもタイヤが太くて、エンジン音がど迫力だ。

「なんだなんだ。朝から走り屋の集会かよ」

「うわまじか。ＧＴ－Ｒに１８０《ワンエイティ》ＳＸにインプレッサにランエボ……。すごかーすごかー」

　ミゲルがまだ地元の「センパイ」たちとつるんでいた頃に憧れた旧車たちが、目の前に五台も並んだのを見て興奮し、目を輝かせている。

「よっ。あんたらかい、カメケンから派遣されてきた発掘屋っていうのは」

黒いスポーツ車から降りてきたのは、サングラスをかけた中年男だ。

見てくれも迫力満点で、無量たちはおっかなびっくり、

「はい、そうです」

「俺は渋川の発掘会社棟方《むなかた》組の社長・棟方達雄《たつお》だ。この藤野田《ふじのだ》遺跡で今日から一緒に発掘をする。現場監督も兼ねてる。よろしく頼む」

黒いＶネックからは隆々とした胸筋が覗《のぞ》いている。発掘屋らしくよく日焼けした浅黒い肌に白い歯が光る。無量たちはおずおずと自己紹介した。

「すげーの乗ってるんすねぇ。それ昭和《しょうわ》のクルマじゃないすか」

「ギリ平成《へいせい》だ。いいクルマだろう。もう二十五年も大事に乗ってるんだぜ」

運転席を覗き込んでいたミゲルがコンソールパネルに興奮している。

「こげんクルマが今も現役で走っとーとは奇跡ばい。……もちろんミッションすよね」

「あたりめーだ。群馬の走り屋がオートマなんて恥ずかしくて乗れっか」

「走り屋なんすね……」

「おう。こちとら三十年選手よ」

社長！　と髪の長い女性が白いスポーツ車から声をかけてきた。年齢は二十代後半、萌絵と同じくらいか。四点式のシートベルトを外して運転席から颯爽《さっそう》と降りてきた。

「そのひとたち、今度のバイトさんですかあ？」

「いや。カメケンの発掘員さんたちだ。凄腕《すごうで》らしいぞ」

女性は白Ｔシャツにカーゴパンツを穿《は》いている。社員で、発掘調査員でもあるという。

「新田《にった》清香《さやか》です。はじめまして」

「１８０ＳＸ《ワンエイティ》乗ってるんすか。かっけー」

「このコは母から譲ってもらったクルマ。母が現役だった頃乗ってた」

「現役だった？　お母さんも発掘されてたんですか」

「やだ、そっちじゃないって。走り屋だったの、昔」

無量たちは困惑を隠せない。なんなのだ、この発掘会社は。

「こいつの母親とは俺もよく碓氷《うすい》の旧道でバトったもんよ。なにせ下り最速ぶちあげた伝説の女ドライバーだったからな。あっはっは」

棟方とは家族ぐるみの仲らしい。

現場担当の社員は七名いるという。地方ではひとり一台が当たり前だが、なぜか全員、年季の入ったスポーツ車に乗っている。足回りもエンジンも明らかにノーマルではない。

「社員全員でチーム組んでんだ。チーム棟方ってな」

「まさか。社員総出で峠攻めてるってんじゃ」

「峠はもう昔みたいには走れねえなあ。走り屋対策が厳しくなって、コーナーごとにセンターポール立ってるし」

「……あ、カーブじゃないんだ」

「どこの峠もキャッツアイや道路鋲《びょう》埋められてっから、昔みたいにドリフトなんかした日には、孫より大事な俺の愛車に傷がつく」

棟方は笑い飛ばすと、目尻《めじり》にカラスの足跡のような笑い皺《じわ》ができた。

「今はサーキットだけでやってる。公道では紳士。安全運転がモットーだ」

胸を撫《な》で下ろす無量の横で、ミゲルはマニア垂涎《すいぜん》の名車に張り付いて離れない。

「あの、あの、あとでちょっとだけ乗せてもらってもいいすか。後ろでいいんで、ちょっとだけ」

「いいよ。でも後ろは狭いよ。頭あたるよ」

しかし……、とさすがの忍も呆気《あっけ》にとられている。

「これだけ年季が入ってるとメンテが大変そうだなあ」

「それな。部品を集めるだけでも東奔西走。旧車は自動車税高いし、ここまでくるとクラシックカーの域だから、たまに遠くのガソスタいくと店員が列なして送り出してくれる」

旧車好きが社員の条件とかで、会社を起《た》ち上げた時は走り屋仲間から社員を集めたという。とんでもない発掘会社だ。

とどめのようにもう二台、連なって畑の道をあがってきた。

「はい、きたー！」

萌絵が雄叫《おたけ》びをあげた。

「栄光のロータリーエンジン！　RX－7FDとFC……！」

運転席から降りてきたのはアラフォーと見える渋い男性ふたりだ。なんと顔がそっくりではないか。

「双子なんだよ、こいつら。……遅《おせ》ぇじゃねえか、越智《おち》兄弟」

「すいません、社長。亘《わたる》のサスの調子が悪くって」

「兄の越智亘と弟の越智亨《とおる》だ。どっちもうちの社員」

絵に描いたようなイケメン走り屋双子兄弟を前にして、萌絵は「引率」の立場も忘れて興奮度MAXになってしまった。

「ところで高浜先生はまだか？」

今回の発掘調査の最高責任者だ。そろそろ作業が始まる時間だが、まだ来ていない。

「まあ、いっか。とっとと始めちまおう」

元走り屋の社長は一同を現場事務所のプレハブへと案内した。

無量と忍は心配そうに顔を見合わせた。

大丈夫かなコレ……と。

＊

「では今回の発掘調査について改めて説明させていただきます」

新田清香《さやか》がホワイトボードの前に立って打ち合わせがはじまった。

棟方《むなかた》組の社員たちとカメケンの派遣員、総勢十名。いつもの現場は社員が二、三名ついて、後はパートやアルバイトを指示するスタイルだが、今回は調査区が広いので、総出で進めるという。

「今回のターゲットは、六世紀——榛名山の噴火による火山噴出物で埋没した『集落遺構』の発掘となります」

「榛名山の噴火……」

無量は窓から見える榛名山のほうを見やった。今は噴煙もあがっておらず、静かな榛名山だが、過去には何度か大噴火を起こしたことがある。棟方社長が説明を引き取り、

「このあたりはな、六世紀に二回、榛名山の大規模噴火があって、火砕流で埋まった村があるんだよ」

その言葉に反応したのは、島原《しまばら》半島出身のミゲルだった。

「火砕流……すか」

「ああ、ここから少し行ったとこに金井東裏《かないひがしうら》遺跡というのがあるんだが、数年前、そこで火山の噴出物に埋まった古代の集落と人骨が出土したんだ」

古墳時代の人骨だった。しかも、その人骨は鉄の甲《よろい》を身につけていた。甲を実際に身につけている人骨が発見されたのは日本初で、話題になった。その後、四十代とみられる中年男性と判明して「甲《よろい》を着た古墳人」と名付けられた。

更に成人女性の人骨も見つかった。首飾りをつけており、年齢は三十代くらい。「首飾りの古墳人」と名付けられた。

乳児も含めて全部で四体の人骨が出土したという。

「榛名山の火砕流によって死亡した被災者だったようだ」

人骨が甲を着ているだけでも貴重だったが、そのシチュエーションが「古代の噴火災害」で死亡したという、非常に特異な発見だった。

「よく残ってましたね。火山灰なんかの酸性土壌では残らないのが普通なのに」

「キャピラリーバリアのおかげだろう」

聞き慣れない言葉だった。

「大量の噴出物が一気に堆積《たいせき》して水流が妨げられ、長い期間、一定の地下環境が保たれた状況のことだ。あとは地形もある。たまたま条件が重なって残ったんだろうな。出土したのが噴火で被災した遺跡というところから〝日本のポンペイ〟……なんて呼ばれてる」

「日本の――ポンペイ」

ポンペイはイタリアにある古代ローマ時代の遺跡だ。ヴェスヴィオ火山の火砕流で街が丸ごと埋まった。

それになぞらえてのネーミングだろう。

「その金井東裏と同じ火砕流でやられた集落が、ここにもあるってことすか」

「まだ精査は必要ですが――」

と新田がそのあとを引き取った。

「今回の調査区で半年ほど前、土地の造成中に古墳時代の網代垣《あじろがき》で囲われた遺構が出土しました。試掘をしたところ、その近くから鉄剣と鉄滓《てっさい》が出ました。古墳時代の鍛冶《かじ》工房であったのではないかと」

金井東裏遺跡を埋めたのと同じ火砕流で被災した可能性が高いという。

「それをふまえた上で、今回は古墳時代の被災遺構を発掘するのが目的です」

「なるほど。ポンペイ並に大きな古墳時代の〝街〟が、この渋川にもあったかもしれないってことすかね」

そのとおりです、と新田が答えた。

「火砕流によって埋まった遺跡の発掘調査になります。では、発掘手順について説明いたします」

打ち合わせはみっちり一時間半ほど行われ、その後、現場に出ての実地説明とあいなった。


改めて現場に立ち、榛名山を仰ぎ見ると、一番目立つ手前の頂が水沢山《みずさわやま》。その右肩後方に、羊のひづめのようにふたつに割れた山がある。その片方にはアンテナが立っている。

「あれが二《ふた》ツ岳《だけ》だ。古墳時代に噴火して、金井東裏遺跡を火砕流で埋めた」

二ツ岳から流れ下ってきた火砕流はこのあたりも埋めて、川向こうまで押し寄せた。

近くには吾妻川《あがつまがわ》と利根川の合流地点もある。利根川沿いを上越線、吾妻川沿いを吾妻線と、ふたつの鉄道が敷かれており、渋川駅は古くからその分岐点だった。渋川から先は山地となるので、このあたりはまさに関東平野のへりにあたる。

今回の調査区はもともとは周りと同じ畑だったという。

「なに作ってるんすか」

「こんにゃく芋だよ。群馬の名産だからな。一個の芋を育てるのに何年もかかるから、手間暇はかかるが、火山灰地で水はけがいいから栽培に適してたんだな」

棟方はただの「元走り屋のやんちゃおじさん」かと思いきや、そこはやはり発掘会社の社長。地域の土壌にも通じていた。

「金井東裏遺跡は手前に低い山があって二ツ岳が見えないんだ。そのせいで火砕流がその山を乗り越えてくると気づけず、逃げ遅れたのかもな」

「金井東裏遺跡の『甲を着た古墳人』は、山に向かって膝をつき、うつぶせに倒れていたそうですよ」

新田が榛名山に向かってうずくまるような姿勢を取った。

「逃げようとしていたなら背を向けてたはずだから、山と反対に頭があったはずでしょ。こういう向きだったからなんらかの祭祀《さいし》をしていたのでは、という説もあるの」

山を鎮めようとしてあえて逃げなかったのかもしれない、とも。

「……火砕流は物凄《ものすご》か速さで下ってくっと」

ミゲルが口を開いた。棟方と新田は驚いた。

「なんで知ってんだい？」

「俺、地元が島原なんすよ。雲仙普賢岳《うんぜんふげんだけ》のこつは、よう聞かされてきたけん」

生まれ育ったのは佐世保《させぼ》だが、島原に引っ越してきてからは何度となく話を聞いた。

雲仙普賢岳が噴火したのは一九九〇年。ミゲルが生まれる前の話だが、その翌年、大規模な火砕流によって多くの死傷者が出た。犠牲になった多くは報道関係者と消防団員でほかに警察官、報道関係者を乗せたタクシー運転手と一般住民、火山研究者も含まれていた。当時の映像も生々しく残っている。その凄《すさ》まじさは噴火災害の教訓として語り継がれている。

「火砕流が下った後は、色がなくなる。一面灰色の世界になる。雲仙岳災害記念館に行くと、火砕流の速さば体感できる展示もあって、あんなん目の前から来られたらとても逃げられんばい」

二ツ岳に普賢岳を重ねて想像しているのか、ミゲルは真顔だった。

「きっと凄《すご》か音がして山のほうを見たら、目の前に火砕流が迫ってたにちがいなか。ドス黒い雲が手前の山を乗り越えて溢《あふ》れだして、ああっと見とる間にあっというまに呑《の》み込まれたっとやろ」

ミゲルは地元だけに「六月三日の普賢岳火砕流」の映像は何度も見ている。

「黒い入道雲みたいなのが早回しの映像みたいにもくもくもくーって膨れあがってきて、気がついたら目の前まできてる。圧倒されて立ち尽くしてる間に呑み込まれたっとやなかろか」

まるで自分が経験したかのように話すミゲルに、棟方たちもぽかんとしている。

横で聞いていた忍が「なるほど」と納得した。今回の発掘に亀石がミゲルを参加させた理由がわかったのだ。雲仙を抱える島原半島で掘ると、必ず火山灰や噴火に伴う土石流などの堆積層に行き当たる。その経験が買われたというのもあるが、被災地の人間だからこそ積み重ねてきた想像力も、買われていたにちがいない。

「ボクもそう思いマス」

その後ろから声があがった。

振り返ると、いつのまにかそこに背の高い男がいる。

外国人だ。金髪碧眼《へきがん》の。

「だ……誰すか、あんた」

「よう、アルベルト。遅かったじゃないか」

棟方がそう呼びかけた。金髪のクセっ毛と大きな鷲鼻《わしばな》にそばかすを散らした四十歳くらいの男は、青いチェック柄のネルシャツを腕まくりして、ニコニコしている。

「上州大学の客員教授アルベルト・バルロッティさんだ。イタリアの地質学者で、高浜先生とこの地域の共同研究をしている」

「はじめまして！　おっ、君は留学生かな？」

アルベルトはミゲルに向かっていきなり英語で話しかけていく。ハーフなので外国人と思われたらしい。

「ストップストップ。俺、日本人す。英語は喋《しゃべ》れんとです」

「ありゃ、これは失礼」

日本語も流ちょうで、日本人のようなお辞儀をした。

「ボクはクォーターで祖母が日本人だったんだ。顔立ちにちょっとだけ面影があるだろ？　日本語が話せるのも祖母から子供の頃に習ってたおかげさ」

それぞれに自己紹介をすると、今度は無量の名に著しく反応した。

「ワオ！　君がムリョウ・サイバラか！　宝物発掘師《トレジャー・ディガー》のムリョーだろ？　友人たちから噂は聞いてるよ。会えて光栄だ！」

大きな手で握手を求めるアルベルトを見て、棟方たちは目を丸くした。

「西原くんはそんなに有名人なのか？」

「いや。そんな大袈裟《おおげさ》なもんじゃなくて」

「ムリョウ・サイバラは〈鬼の手〉を持っていて貴重な遺物を掘り当ててきた発掘屋だ。仲間の間でも評判なんだ。おお、この手が例のミラクルを起こす〈鬼の手〉か」

握手した右手に頰ずりしている。「ムリョウ・サイバラ」の名は国内よりも海外で知れ渡っていて、日本人よりも外国人のほうが〈鬼の手〉のエピソードをよく知っている。

「アルベルトは長年ポンペイでの発掘にも参加してたそうなの。災害考古学を専門にしてるんですって」

「災害考古学……」

被災した遺跡などから過去の自然災害について研究する学問だ。

火山に限らず地震や洪水・津波といった災害によって生じた遺跡の調査は世界中で行われていたが、「災害史」という切り口から体系化し、ひとつの研究テーマとして提唱され始めたのは、比較的最近のことだ。しかもその発祥はこの日本であり、群馬県だったともいえる。

一口に「災害考古学」と言っても地震・噴火・津波・洪水等があって、史料と遺構の双方からアプローチすることでその時代の社会が被災によってどんな影響を受け、どう復興を遂げていったかを明らかにしていく。

地質学の観点からは活断層や地崩れの痕跡《こんせき》により、土地の危険度や地震・噴火の周期を割り出すことができた。

「この群馬は火山県と言われるくらいで、特に『噴火災害』が他県より多いという特徴がある」

一度噴火が起これば、噴石や火山灰のみならず、火砕流・火山泥流・土石流・岩屑《がんせつ》なだれ、火山ガス・酸性雨など様々な被害をもたらす。

それらの痕跡と、それらで被災した遺構を調べて「災害史」を明らかにすることは、災害への備えに繋《つな》がる。

「この榛名山の噴火遺構からは学ぶことが大きい。群馬の研究者たちが災害考古学のパイオニアだからね。ボクはその手法をリスペクトして、世界中の災害遺構を研究してる」

高浜教授は災害考古学の第一人者でもある。地層を読み解く地質学と遺構を読み解く考古学、その両方の知識を必要とするハイブリッドな研究分野なのだ。

過去の災害によって破壊された集落や地域を調べて記録をとり、分析することで防災に役立てる。一般的な考古学との違いは、リアルに実用を兼ねた「実学」でもある点だ。

噴火災害の遺構では、土の中に、被災の具体的な実態から地域社会に与えた影響、復興の有様まで、細かな推移がそっくり残っているのが特徴だ。六世紀の榛名山噴火で壊滅的な被害を受けた集落を調べることは、いまの人々の暮らしを守ることにもなるわけだ。

アルベルトも元々は地質学者で、災害考古学に目覚めたきっかけは東日本大震災だった。

「ボランティアに来てね、過去の災害を調べる重要性を痛感した」

日本の沿岸部には過去の津波を記録した石碑なども多く残されているが、それらが顧みられていなかった土地も少なくない。原発事故では過去の貞観《じょうがん》地震などの記録があったにもかかわらず、建設にあたって軽視されていたことも問題視されている。

「今までは原因不明で片付けられていた破壊遺構も〝災害〟という視点から明らかになることもある。榛名山は六世紀代の後、噴火活動は一度も認められていないが、この先全くないわけではないからね」

「なるほど」

「確かに最近、津波や火山噴火なんかの備えとして地域の古文書や石碑類を調べる動きが出てますね」

と萌絵が言うと「そうなんだよ！」とアルベルトが勢いよく食いついてきた。

「災害大国の日本こそ先頭きって発展させられるジャンルなんだ。今夜、空いてますか。僕とディナーをしながら語り合いませんか」

「コラおっさん！」

ミゲルが割って入るより先に、新田がアルベルトの大きな鼻をつまんで引き剝《は》がした。

「ててて、もげるもげる」

「ごめんね、永倉《ながくら》さん。この手のナンパはイタリア男の挨拶《あいさつ》みたいなものだから」

「こいつ油断も隙もなか！」

萌絵は半笑いになり、無量と忍は呆《あき》れかえっている。

「それより高浜先生はどうされたんです」

「それを報《しら》せるために来たんだった。高浜先生は今朝、事故を起こしてしまって！」

「ええっ！」

軽い自損事故だったという。

飛び出してきたネコをよけようとして畑に落ちた。命に別状はなかったが、首を痛めてしまい、数日安静にしていないといけなくなった。

「急遽《きゅうきょ》ボクが調査責任者を任されました。ふつつか者ですがよろしくお願いしマス」

まあ、棟方組もついているし、無量たちもサポートは惜しまないので問題はないはずだ。新田が「それでは」と声をかけた。

「本日はオリエンテーションということで、西原くんたちにはアルベルトと県の埋文《まいぶん》に行ってもらいます。金井東裏遺跡の土層剝ぎ取り標本があるので事前に頭に入れてきてください」

*

忍と萌絵は、現場を無量たちに任せて、自分たちの仕事をすることになった。

群馬県ではいま、古墳の一斉調査が行われている。

古墳大国・群馬は調査の歴史も古く、戦前の昭和十年には県下の古墳一斉調査が行われていた。その成果である古写真やスケッチが多く残っていて、今も群馬の古墳研究の基礎をなしている。その後もおりに触れて調査がなされ、高度経済成長期の国土開発に伴う緊急発掘も立て続けに行われた結果、一万四千基を超える古墳の存在が認められた。

そして、いま再び古墳の一斉調査が始まっている。

ボランティアの「県民調査員」が県下の古墳の現状をひとつひとつ確認していく。

その活動にはカメケンも嚙《か》んでいて、県の教育委員会などの関係機関を数日かけてめぐることになった。

この日訪れたのは群馬県立歴史博物館だ。

学芸員と挨拶を交わし、現状報告を聞いた後で、展示も見学した。

「おお。これが綿貫《わたぬき》観音山古墳から出土した埴輪《はにわ》ですね。すごい」

綿貫観音山古墳は「三人童女」や「武人」「馬」などの大型埴輪も見事だが、その他の金銅製品も素晴らしい。朝鮮半島の新羅の品とみられる遺物もあり、朝鮮半島との繫がりが深かったことがわかる。畿内《きない》や九州の古墳にも引けを取らない重要遺物の数々に、萌絵は圧倒された。

「こうして見ると、古墳時代の群馬は、本当に東日本一の大国だったんだろうな」

忍もガラス越しに銅鏡を覗《のぞ》き込んで感心した。

「もっと全国的に知られてもいい気がする。何かいいアピール方法はないかな」

「やっぱりそこは埴輪じゃないですか？　ハニワ大国・群馬ですよ」

萌絵は目を輝かせて、人の背丈ほどもある馬埴輪に見入っている。

「古代のひとが大真面目に作った造形が、現代のゆるキャラに通じるの、めちゃめちゃエモくないですか。この、ほえ～って感じとか馬のお尻《しり》とか、古代人のキュンキュンポイント丸出しじゃないですか」

熱く語りまくる萌絵を見て、忍は少し胸を撫《な》で下ろした。

「なんですか？」

「いや、このごろ元気がなかったから。永倉さんはやっぱりそうでないと」

忍にまで心配されているとは思わなかった。

「永倉さんと話してると堅苦しい歴史も楽しくなってくるよ。今度カメケン・チャンネルでこの博物館も取り上げよう」

博物館の外は広い公園になっている。

第二次世界大戦前は陸軍火薬製造所があったというが、今は高崎市民の憩いの場だ。散歩をしている老夫婦や芝生で子供を遊ばせる母親グループが見受けられた。

ふたりはベンチに座って、ミュージアムショップで買ったハニワクッキーをつまむことにした。

「あの……西原くんから何か聞きました……?」

萌絵が切りだした。元気がないと言われて、先日のことを思い出したのだ。

忍は「いや」と首を振り、

「無量は何も。ただ、さくらさんから、永倉さんがヤケ酒飲んでたって」

萌絵は顔を押さえた。……そっちからか。

「無量と何かあった?」

萌絵は慌てて「西原くんは関係ないです」と手を振った。

「あくまで私自身のことで。西原くんへの愚痴は……まあ、とばっちりというか」

「よかったら話してくれないか？　永倉さんの悩み」

萌絵はミルクティーの缶を両手で包んだ。忍には黙っているつもりだった。コーディネーターの適性で悩んでいると話せば、逆に忍が気を遣うと思ったからだ。とは言え、空元気《カラ》でごまかせる雰囲気でもなさそうだ。

「実は……ちょっと転職を考えていて」

「転職？　カメケンやめるつもりなの？　なんで」

「武術を」

萌絵は思い切って打ち明けた。

「武術を究めたくなったんです」

忍は驚き、ぽかん、と口を開けた。

しばらく絶句したあとで顔を押さえ、

「……そっちにいったか」

「熊野《くまの》で佐分利《さぶり》さんところの『三体月《さんたいづき》』を観てからずっと考えてました。そこに武術の師匠から誘いがあって」

単純に今の仕事に自信をなくしたというならば忍も励ましようがあったが、こと武術に関してとなると、別だ。何度も実戦での強さを見せつけられてきただけに、さすがの忍も「やめたほうがいい」とは言えない。

「永倉さんが真剣に腕を磨いて研鑽《けんさん》をつんでるのはよくわかるよ。それに佐分利さんたちを見たら自分の道を究めたくなる気持ちも……。だから僕には何も言えないけれど、永倉さんと一緒にコーディネーターを目指せなくなってしまうのは淋《さび》しいかな」

「……それこそ中途半端ですよね」

萌絵も迷っていた。

「私、ほんとだめだな……。ぶれぶれですよね」

「無量は引き留めなかったの？」

「全然。それどころか背中を押してくれました。……まあ、西原くんには私よりも優秀な相良さんがそばにいてくれるから、はは」

と言ってしまってから余計な一言だったと気づいた。忍は溜息《ためいき》をつき、

「……なるほど。それでヤケ酒だったわけか」

無量の気持ちも忍にはわかる。萌絵の才能を誰よりも認めるからこそ止められなかったのだ。だが萌絵からしてみれば、無量に引き留められなかったのは素直に悲しかったのだろう。気持ちがすれちがってしまうのも無理はない。

「師匠に言われたんです。自分が主役になれるほうの道を——花咲けると思う道を目指しなさいって。自信が持てて、向いてると思えて、もっと向上したいと思えるほうを」

もちろん、発掘コーディネーターへの意欲がなくなったわけではない。

同じくらいに向上したい意欲はある。ただ「自信が持てて」「向いているとも思える」のは、やはり武術のほうなのだ。

今までは、仕事は仕事、武術は武術だった。武術を生業《なりわい》にできるとは思ってもみなかった。それはプロの武術家になるということだからだ。

「でもここまでコーディネーターを目指して必死に勉強してきたのに、放り出すなんて、って気持ちもあって。西原くんに相談してみたんですけど」

本心では無量に引き留めてもらいたかったのだろう。

だが、あっさりと背中を押されてしまったものだから、自分の存在価値がわからなくなってしまったようだった。

「僕は、やめないでほしいよ」

忍はずばっと引き留めた。

「カメケンには永倉さんが必要だ。ずっといて欲しい」

「相良さん……」

「無量も本当はそう思ってる。でも言い出せないんだ。永倉さんのことをちゃんと想ってるから」

忍は、生い茂った樹木からこぼれる木漏れ日を眺めて言った。

「永倉さんの気持ちも才能も未来もちゃんと想ってるから、自分の気持ちは言えないんだよ。言ったらわがままになると思ってるから。永倉さんのすごさも認めてるから、自分のわがままという雑音で君を惑わせたくないんだ。でも本当は気持ちは僕と同じだ。カメケンにいてほしいに決まってる。だから……無量にとって自分はどうでもいい存在だなんて、どうか思わないで欲しい」

「そうなんでしょうか……」

「僕が無量なら、そう思ってる」

というと、忍はわざとおどけた顔になり、

「僕はこの通り、ひとの気持ちなんか考えないし、傲慢《ごうまん》でわがままだから、堂々と本音を口にするけどね」

冗談めかして自虐する忍の真心も、萌絵には伝わるのだ。

「永倉さんがどんな道を選ぶとしても、僕は尊重する。無量もね。だから、変に気を遣って自分の本心ではない選択をするのだけは……、それだけはやめてくれ。相談なら、いつでも乗るから」

「ありがとう。相良さん」

忍の温かい言葉に、萌絵は強《こわ》ばっていた気持ちが弛《ゆる》むのを感じた。

ただ、と忍は言葉を継ぎ、

「ひとつ気になることがあって。永倉さんにも見てもらいたいんだけど」

とスマホの画面を見せた。そこには、とある海外のものらしきパンフレットが映っている。読み慣れない英文をぽつぽつと拾って、萌絵は目を丸くした。

「海外の発掘会社、ですか？」

「米国で今度起《た》ち上げる発掘専門の調査事務所で派遣業務も含んでるらしいんだけど、なぜか無量がこのパンフレットを持っていたんだ。どうやらスカウトされたらしい」

「スカウト？　海外の発掘派遣事務所にですか！」

この様子では無量は萌絵にも話していなかったようだ、と察した忍は「そのようだね」と答えた。

「契約した発掘員を世界各国の遺跡発掘に派遣するようだ。後ろに大手の投資会社もついていて規模の大きな発掘プロジェクトを取り扱う予定らしい。たぶん、ギャラもうちとは桁違《けたちが》いなんだろう」

たとえて言うなら、日本のプロ野球から米国のメジャーリーグに移籍するようなものだ。

「西原くんが移籍……」

「無量が誰かと会ったような話はしてなかったかい？」

「いえ、私には何も」

と言いかけて、萌絵は「あっ」と思い出した。そういえば、あの時――。

「私と会う前に『おじさんと会ってた』みたいなことは言ってたような」

「おじさん？　それはどんな？」

「仕事がらみの、とは言ってましたけど、どんなひとかまでは」

忍の脳裏にＪＫの顔が浮かんだが、無量とはまだ直接打診できるような間柄ではないはずだ。

「……そうか。困ったことになったな」

「どうするんですか。引き留めるんですか」

忍は即答しなかった。

本来なら、無量が萌絵を引き留めなかったのと同じ理由で、無量の意志を尊重する忍だったが……。

「この発掘事務所のことは、ちゃんと調べないといけない。うまい話には裏がある、なんてこともないとも限らない。永倉さんにも手伝ってもらいたい。ただし無量には内密に」

萌絵も真剣な顔になった。自分の転職話など忘れたかのように、はい、と答え、

「情報を集めればいいんですよね」

「ああ、頼む」

忍が疑っているのはグ《G》ランドリ《R》スク・マ《M》ネジメント社が裏で糸を引いていることだ。無量を手に入れようとしている民間軍事会社だった。だが、それは言わず、

「今まで以上に無量の身の回りには気をつけてやってくれ」

樹木の枝から猛禽《もうきん》らしき大きな鳥が羽ばたいた。抜けた羽が忍たちの前に落ちてくる。

忍は険しい顔をして、博物館の三角屋根を睨《にら》んでいる。

*

本格的な発掘作業は翌日から始まった。

ターゲットとなる土層は、深い。

六世紀に起きた榛名山噴火で火砕流が下っていった場所は、すでに特定されている。この調査区も火砕流被害にあっていた。

六世紀には大きな噴火が二回起きている。土層から判明している。

一回目が西暦五〇〇年代初頭。二回目がその数十年後（五〇〇年代中頃）とされている。

その土層には名前がつけられており、一回目が「榛名二ツ岳渋川テフラ（Hr－FA）」。二回目が「榛名二ツ岳伊香保テフラ（Hr－FP）」。

テフラとは火山灰・軽石・スコリアなどの火山噴出物の総称だ。

それぞれの土層の名称から、現場では古い方の噴火を「FA」、その後に起きた噴火のことを「FP」と呼んでいる。

掘っていくと、先にぶちあたるのが「FP層」、その下にあるのが「FA層」だ。

金井東裏遺跡で「甲を着た古墳人《よろい》」が出土したのは「FA層」だ。今回のターゲットも同じ噴火で埋まったものになる。

だが、そこは地中三メートルほどの深さにある。大量に降った火山噴出物によって埋まっている。

「FPがとにかく分厚い。軽石が二メートル近く積もってる」

棟方が言った。無量もこれには辟易《へきえき》だ。

「噴火で降った軽石が二メートル積もるって、どんだけ。……そりゃ水はけもいいわけだわ」

昨日、埋文《まいぶん》に行って見てきたばかりだ。接着剤を塗って土から剝がした土層が展示してあり、層序を直接見ることができた。無量たちがこれから掘るターゲットの「FA層」は、さらに細かく十五の層になっており、下からS1、S2……と番号が振られている。十五の層とは一連の噴火が十五回あったという証拠だ。

「いくら重機でやるとは言え、えらい手間っすね」

さっそく、さくらもパワーショベルに乗り込んで掘削を始めている。初見で「なんか出そう」と言っていたあたりを自ら掘っている。

越智兄弟も重機の免許を持っているので、三台での作業になった。

「まあ、でも噴出物に埋まったおかげで千五百年あまり前の集落がそっくりそのままパックされて保存されたとも言える。普通の耕地だったら土を耕す時に攪拌《かくはん》されて、昔の痕跡《こんせき》なんかそっくり壊されちまうからな」

そういう意味では地権者が発掘許可を出してくれたことはありがたかった。耕作地での発掘は深く掘り返してしまうと土壌に影響が出るので、なかなか手が出せない。特に今回は堆積《たいせき》した火山噴出物を数メートルにわたって掘るため、原状回復が難しい。大きな公共工事や土地の造成などがない限り、なかなか調査もできないのだ。

「群馬は火山が多くて、噴火することを『はねる』というんだが、榛名山は千五百年前にはねたきりであとは静かなもんだ。多いのは浅間山だな。偏西風で特に東側に火山灰が降りやすい」

棟方は足元の表土を手ですくった。

「それぞれの噴火で降った火山灰や軽石の成分には特徴がある。だから火山灰の成分解析によって土層の年代がわかるんだな。群馬の考古学ではよく、この火山噴出物（テフラ）が『鍵層《かぎそう》』になる。時代判定のものさしだな」

火事が多かった江戸では焼土層が年代判定の鍵になる。同様に、上州では火山噴火がその役目を担っているのだ。

「ただ、テフラが降ると田畑がだめになって耕作ができなくなるんで、天地返しという方法をとるんだ」

「天地返し？」

「田んぼに火山灰が積もると、火山灰の下にある土を掘り起こし、穴を作る。その穴に火山灰や軽石を埋めて土をならす。これで翌年以降、水を張れば稲作復活だ。だが層序が複雑になるから、そこをちゃんと見分けないといけない」

群馬の発掘屋ならではの注意点があるということか。

無量は榛名山のほうを見やった。ここからはかつて噴火した二ツ岳の頂が、手前の山の肩にかろうじて見える程度だが、それだけ近いということでもある。

だが、何も聞こえない。

茫漠《ぼうばく》とした大地に風が吹くだけだ。古墳人の声のようなものは何も——その気配も、感じない。深すぎて、届かないのだろうか。

右手は相変わらず、なにも反応しない。

遺構は地下数メートルにあって、地表との間に軽石がぎっしり詰まっているせいなのか。それが邪魔をして感知できないだけだろうか。

もしくは、ここには右手が反応する「強い」遺物がないだけだろうか。

それとも——。

こんな不安な気持ちで発掘現場に立ったのは生まれて初めてだ。そもそも地下の遺物など感じないのが当たり前で、そこまで右手の感覚を信用してしまうことのほうがどうかしている。科学的とは言えないあんな感覚から解放されれば、むしろホッとするし、もう変人扱いされずに済む。いっそ、せいせいするはずなのに。

——代わりに何を差し出す。

あの夢が頭から離れない。空海の経筒を見つけるために、夢に出てきた「僧侶《そうりょ》」と取引をした。

——そうか、ならば……この鬼をもらう。

右手をもっていかれた感覚を思い出して、無量はぞっとした。

まさか本当に「鬼」をもっていかれたのか……？

何も感じなくなったのは、そのせい？

「よう、ムリョー」

呼びかけられて我に返った。アルベルトだった。

ウェーブのかかった金髪をハーフアップにして、にこやかに手を振っている。発掘が始まったことが楽しくて仕方ないらしく、少年のように目を輝かせている。

「〈鬼の手〉はなにか反応しているかい？」

英語で話しかけてくる。

無量はポーカーフェイスで取り繕い、

「いや、今は特に」

「そうか。まあ深いからね。ここでも人骨が出てくる可能性はあるし、新たな古墳人と出会えるんじゃないかと思ったらワクワクするよ。……ポンペイでは日本のチームも発掘してたけど、ムリョーは掘ったことあるのかい？」

「ポンペイはないっす」

「あそこはまさに街ひとつが火砕流に埋もれた遺跡だからね。ついさっきまで人が日常生活を過ごしていたのがわかるような遺物がたくさん出てきた。テーブルの上のパンと干しぶどうとか」

重機が低いエンジン音を唸《うな》らせながらアームを動かして土をすくい上げている。延々と同じ動きを繰り返す重機を眺めて、アルベルトは言った。

「あそこも噴出物《テフラ》がタイムカプセルの役目を果たした遺跡だ。美しいフレスコやモザイクが、被災した日の姿で出てくるんだ。驚くほどフレッシュで、どきどきしたよ。まさに宝物だ。ただ、あまりにもタイムカプセルそのものだったから、昔は学術発掘よりも宝物目当てのトレジャーハンターに狙われてしまったけどね」

無量は現地に行ったことはないが、出土物は博物館で見たことがある。

中でも犠牲者を型取りした石膏像《せっこう》の「遺体」があったのが一番印象的だった。まさに時を止めたようにうつぶせになった人間の姿は驚くほど生々しくて衝撃的だった。

「……ああ、あれはテフラの堆積層で見つかった空洞を石膏で型取りしたものだ。堆積した火山灰の中で有機物が分解されると、そこだけ空洞になる。固まった火山灰は、そこに埋まってる物の体積や形、位置をそっくりそのまま鋳型のように残していた」

そこに石膏を流し込むと、空洞の形が判明する。

遺体そのものは残っていないが、鋳型がとれているので、石膏を流すことでその姿を再現できるのだ。

「ポンペイが噴火で埋まったのは、西暦七九年。榛名山の噴火のほぼ五百年前か」

そうか、ここの五百年も前なのか。無量はしみじみとしてしまった。日本なら弥生《やよい》時代だ。

比べてみると、やはり文明としての成熟度に差を感じる。古墳時代の埴輪《はにわ》は簡略化された造形がユーモラスで、ある意味アーティスティックな創造性があるが、ローマ時代の写実的なブロンズ像を見てしまうと芸術の成熟度合いに圧倒されてしまう。しかもポンペイの噴火遺跡は、五百年も前のものなのだ。あちらの出土品はすでに「美術品」として扱えるレベルだし、青銅製や鉄製の外科器具なども出ているくらいだ。

「……アルベルトさんには物足りないんじゃないすか。日本の古墳時代の遺跡からは、ポンペイみたいにきれいなフレスコも緻密《ちみつ》なモザイクも豪華なガラス食器も写実的なブロンズ像も出てこないのに」

「なにを言ってるんだい。物足りないわけないじゃないか」

アルベルトは即座に否定した。

「その場所でしか出てこない唯一無二の遺物だ。遺物に優劣はない。確かに地域によって文明や社会の進み方は違うかもしれないが、それは遺物の価値とは関係ない。そこでしか掘り当てられない遺物や遺跡と出会えることが、ボクには何よりエキサイティングなんだよ」

無量はちょっと見直してしまった。

ローマ遺跡などを掘る考古学者の中には、たまに地域マウントをとってくるような狭量な人間もいるからだ。

「そもそも東アジアは『木の文化』だから残りにくい。東洋の美しく繊細な木造建築や木製品は西洋の石造建築のようには残らない。想像することが難しいだけで、そこに広がっている景色は現代の我々が驚くような、美しいものだったかもしれない」

記録が残っていないならば、なおいっそう、ひとつの埴輪から想像を膨らませる力が必要だ、とアルベルトは言った。

「それに人骨が残っていたのが何より凄《すご》い。骨や歯はそのひとそのものだ。たくさんの情報が詰まっている。そのひとがどこから来たか、何歳なのか、どんな顔をしていたのか、何をしていたか。彼らは自らの骨で語りかけてくれるんだ。すごいことだよ」

科学はどんどん進んでいる。かつてはわからなかったことも、今ならばわかる。

たとえば、生育地。

岩石中に含まれるストロンチウム同位体は地域によって値が異なることがわかっている。人間の歯には、形成時に摂取していた飲食物のストロンチウムが残っていて、その値を調べれば、生育地までわかるという。

「それによると『甲《よろい》を着た古墳人』と『首飾りの古墳人』はよそから移ってきたらしい。だが子供のほうのひとりは地元金井で生まれたこともわかっている。復顔技術によって『甲』は渡来系、『首飾り』は在地系で関東から東北に多い顔立ちというのも判明した」

「渡来系も在地系もこのへんではふつーに一緒にいたんすかね」

群馬の古墳から出土する遺物をみれば、朝鮮半島とのつながりが深かったのは一目瞭《いちもくりょう》然《ぜん》だ。

「馬の生産がさかんだったと言われてるぞ」

横から棟方が会話に入ってきた。

「このあたりには昔、広大な放牧地があったらしい。川向こうの子持山よりにある元祖

『日本のポンペイ』黒井峯《くろいみね》遺跡では、馬を飼育してた痕跡《こんせき》があったし、その近くの白井《しろい》遺跡群からは馬の蹄《ひづめ》跡がたくさん出ている。『魏志倭人伝《ぎしわじんでん》』の頃の日本には馬はいなかった。大陸からつれてきたんだ。馬の育て方を知っている渡来人がたくさんいたのもうなずける。ここは馬の生産地だな。百済《くだら》への援軍で上毛野国から馬を出した記録もあるくらいだ。馬は軍事力でもあるから軍需工場でもあるな。それか、古代の自動車工場。……つまり、クルマ好きの発掘屋がいるのもむべなるかな」

「馬の放牧地っすか」

無量の頭に浮かんだのは、群馬の有名なゆるキャラだ。

「群馬の名前の由来って、やっぱそのへんなんすかね」

「由来かどうかは知らないが、動物埴輪のうち馬の埴輪が一番多いくらいだしね。昔から馬とはゆかりの深い土地なんだろう」

そんな会話をしていると、一台のパワーショベルが動きを止めた。操縦しているのは、さくらだ。棟方を呼んでいる。なにか出たのか？

急いで駆けつけると、ヘルメットをかぶったさくらも降りてきて、土を指さした。

「大きい土坑を見つけました。どうしますか」

さくらは目がいい。

土の色が違う。何か穴を掘った跡のようだ。

「柱穴にしてはでかいなあ」

棟方がしゃがみこんで、言った。

「埋納坑かな。ゴミ穴かもしれんが」

「土坑の立ち上がりが浅いので、ターゲットの遺跡とは関係ないと思いますが」

榛名山の軽石層よりも上だ。噴火よりもだいぶ後に掘った穴だが、天地返しの穴でも

ない、と棟方は見た。

「……体ならしにやりますか」

無量が肩をぐるぐる回しながら剣先スコップを手に取った。

「おーい、ミゲー。出番だぞー」

新田たちとクルマ談義に興じていたミゲルが呼ばれてやってきた。

「もう掘ると？」

「そこの土坑をやっつける」

無量とミゲルはさっそく掘り始めた。

だが思ったより深い。穴は軽石の層（FP）にまで食い込んでいるが、一メートル近く掘ってもまだ底が見えない。

「なんだこれ。なに埋めたんだ」

無量が不意にどきっとして手を止めた。

なんの前触れもなく剣先スコップの先が固い物に当たったからだ。

土に埋まっていた大きな石にでも当たったのかと思った。だが、ちがった。

「金属？」

無量クラスになると、剣先スコップの先が当たった感触だけでわかる。しかも小さいものではない。厚みがあるものだ。

「なんだなんだ」

棟方とアルベルトも覗《のぞ》き込んできた。無量は動揺を隠しながら、道具を持ち替えてうつぶせになる。

土をどけていくと次第に遺物が顔を出してくる。まず見えたのが金属板の部分だ。小さな鈕《ちゅう》が帯状に並び、木製の板を囲んでいるように見える。

「南蛮鉄《なんばんてつ》だな。角を補強してるように見えるが」

「こっちは把手《とって》みたいなのが見えますけど」

「待てよ？　おい、もうちょっとその端んとこ掘り下げてみてくれ」

ミゲルが言われるままに移植ゴテで掘ってみる。箱状になっているのがわかった。

「まさか……こいつは」

棟方には正体がわかったようだ。

「千両箱じゃないか？」

千両箱？　と無量とミゲルが顔をあげた。

「江戸時代とかに小判入れたやつっすか。ねずみ小僧とかがよく担いでる」

「本当のねずみ小僧が担いだところは見たことないが、それだ。小判入れだ」

棟方は興奮して前のめりになった。

「ずいぶん頑丈だな。大きいし、千両箱というか、万両箱かもしれんぞ」

無量とミゲルは顔を見合わせた。

江戸時代の遺物だというのか？

「こりゃあ、出しちまったかもしれん……」

棟方の声が震えている。

「埋蔵金だ。……とうとう例の埋蔵金が出ちまったぞ」

第二章　〈鬼の手〉は死んだ

ターゲットの土層にたどり着く前に思いがけないものが出土した。

それは江戸時代のものとおぼしき「千両箱」だったのだ。

棟方《むなかた》の指示で、すぐに記録を取り、取り上げることになった。

が、重い。

人力では簡単には取り上げられそうになかったので、吊《つ》り上げベルトを用い、パワーショベルを使って慎重に吊り上げることになった。棟方組の面々は手慣れた様子で遺物を梱包《こんぽう》し、上手に地上へと引き上げた。

千両箱は樫《かし》製と見られ、外側を帯鉄でくるみ、角も補強してある。錆《さ》びてはいるが思いのほか劣化は少なく、錠前がかけられており、中身はすぐには取り出せそうもない。

一旦《いったん》、棟方組の整理室に持ち込まれ、対応を協議することになった。

「……まあ、一応、発掘現場から出てきた遺物っすよね」

無量《むりょう》もミゲルも困惑している。

木製遺物は乾燥が大敵なのでそのための応急処置がとられている。

「本物の千両箱とか初めて見たわ。こんなんほんまに埋まっとーとやな」

念のため、地権者である八重樫英雄《やえがしひでお》に訊《たず》ねてみたところ、そういうものを埋めたなどという話は特に聞いた覚えはない、といい、箱にかけられた錠前の鍵《かぎ》らしきものも伝わっていないという。

「埋蔵金だな」

棟方が断定口調で言った。

「徳川《とくがわ》の埋蔵金かもしれん」

無量たちは「ええっ！」と前のめりになった。

「徳川って……あの徳川家のやつですか！　テレビなんかのトンデモ枠でたまに特番組んだりしてる……？」

無量はミゲルとさくらと顔を見合わせてしまう。

徳川埋蔵金伝説、というやつだ。

「明治《めいじ》維新の頃の話だ。徳川幕府が官軍の江戸入りに備えて、江戸城内にあった金をよそに移動させたという話がある。一説ではその場所が群馬県内ではないかと」

「なんでまた群馬なんすか」

「幕府最後の勘定奉行・小栗上野介《おぐりこうずけのすけ》の所領が上州権田《ごんだ》村にあった。今の高崎市だ」

棟方はしかつめらしく語り出した。

「官軍が江戸城に入ったとき、蔵はもぬけの殻だったそうだ。どうやら小栗は官軍に抵抗する軍資金として、江戸城の御用金を運ばせ、上州のどこかに隠したんじゃないかって噂が広がった。よく候補にあげられるのが赤城山の麓《ふもと》だ。なんでも、明治の頃に徳川家康《いえやす》の像と皿が出てきたとかで、ほんとか嘘かはわからんが、その近くに埋まってるんじゃないかって騒がれて、テレビ番組で有名人が発掘プロジェクト起《た》ち上げたり、埋蔵金ハンターたちが捜索に押し寄せたりしたくらいだ」

だが結局、見つからなかった。

赤城山ではなく、日光《にっこう》や妙義山ではないかとも言われた。日光には東照宮《とうしょうぐう》があり、妙義山には徳川歴代将軍から信奉された妙義神社がある。

「そして、もう一説には『榛名山だった』というものもある。地元じゃ、まことしやかに伝えられてきた。榛名山にこそ埋蔵金があると」

「その根拠は……？」

「榛名湖の近くにある榛名神社。あそこもまた徳川とはゆかりが深い。戦国の世に荒れ果てた榛名神社を復興したのは、かの天海《てんかい》僧正だ。東照宮をつくった」

上毛三山の赤城山・妙義山・榛名山にはそれぞれ、上毛三社の赤城神社、妙義神社、榛名神社がある。いずれも由緒正しい古社だ。徳川の世には、それぞれ別当が置かれ、上野《うえの》寛永寺《かんえいじ》の支配下に置かれた。

「榛名神社は古くからの修験の地だ。江戸時代には榛名信仰がはやって関東一円に『榛名講』が広まった。別当寺は巌殿寺《がんでんじ》というが、噂によると、小栗らによって江戸から運ばれてきた幕府の御用金はそのお堂に隠されたらしい。だが官軍の捜索の手が入り、接収されないよう密《ひそ》かに麓に下ろして、埋めたんだとか」

ただし、その場所がどこかまでは伝わっていない。

「それを俺たちがたまたま掘り当ててしまったってことですか」

「かもな。御用金が一箱ってこたない。掘ったらまだまだ出てくるかもしれんぞ」

ちょっと待ってください、と横からアルベルトが口を挟んだ。

「発掘の目的は古墳時代の遺跡でしょ。埋蔵金にかけてる時間はないですよ」

「もちろん、そのとおりだ。が、掘り進めないとターゲットのFA層まで辿《たど》り着けないのも事実だからな」

この先もうっかり見つけてしまう可能性は十分ある。

「まあ、でも中身を確かめないとあれが埋蔵金かどうかはわからん。徳川のものか、八重樫さんちの先祖のものかも不明だが、出ちまったもんはしょうがねえ。とりあえず調べないとな」

「県の埋文に連絡して協力をお願いしましょうか」

「イレギュラーな遺物だしな。そのほうがいいかもしれん」

蓋《ふた》が開かないので、まずはX線で中を透視する必要もある。

「まあ、これはこれとして、メインは古墳時代のFA層だから、みんなは引き続き粛々と作業を進めるように」

「それじゃ本当に徳川埋蔵金かもしれないのか？」

無量から話を聞いた忍《しのぶ》は、呆気《あっけ》にとられてしまった。

＊

夜、渋川の街にある宿泊先のビジネスホテルで落ち合った無量と忍と萌絵《もえ》だ。無量の部屋に集まって、報告を聞いていた。さすがの萌絵も耳を疑って、目と口をぽかんと丸く開いている。

「信じられない……」

「俺も。だって徳川埋蔵金なんてツチノコと一緒でしょ。テレビ見てて何回騙《だま》されたことか」

トンデモ番組で忘れた頃に繰り返し取り上げられる定番ネタだ。番組の演出で煽《あお》るだけ煽って発見を匂わすものだから、つい最後まで見てしまうが、結局見つからないパターンなので、埋蔵金には猜疑心《さいぎしん》しかない。

「そもそも見つかってたら、とうにニュースになってるっつの」

「わかってても見ちゃうんだよね、あの手の番組って」

「まあロマンはあるよね」

「ロマンだけでしょ。今時こんなのに食いつくのはユーチューバーくら……」

と言いかけて無量は「あ」と口を塞《ふさ》いだ。忍と萌絵の目が光っている。ふたりは顔を見合わせて、うなずいた。

「……できたね」

「はい。できましたね」

「ちょちょ、まさかネタにするつもり？　カメケン・チャンネルでレポートするとか言い出すんじゃ」

「こんなとっておきのネタ、スルーするわけないでしょ」

「まさか発掘派遣事務所のチャンネルで『スクープ！　徳川埋蔵金発掘！』なんてベタなやつやろうなんて考えてないよね!?」

言っているそばから忍と萌絵は小声で打ち合わせを始めてしまう。無量は慌てて、

「お願いだからそういうのだけはやめて！　沽券《こけん》に関わるし」

「大丈夫、うまくやるから」

「マジなの？　ねえ、マジなの、ちょっと！」

うろたえる無量を尻目《しりめ》にふたりはもう企画会議に入っている。

「調査中の遺跡なんだから下手に出さないでよ。地権者にも迷惑だし」

「そうか、八重樫家についても調べてみないと。永倉《ながくら》さん、まかせてもいいかな」

「やります。そういうのは最近得意です」

「ちょっとー」

とはいえ、まだ肝心の中身が何かわからない。X線分析の結果が出てくるのを待たなければならない。だいぶ先の話だ。

「まあ、なんにしろ本来の調査目的が穏便に進むことを祈るよ」

ドアをノックする音が聞こえた。

開けると、さくらとミゲルがいる。

「お待たせしましたあ。買ってきましたよ、上州名物焼きまんじゅう」

萌絵が一度食べてみたいと言い出して、ふたりでわざわざ車で前橋《まえばし》まで買いに出かけていたところだ。

「おお、これが噂の焼きまんじゅう。思いのほか、でっか」

フカフカの平たい饅頭《まんじゅう》が四個、串《くし》にささっていて上から甘辛味噌《みそ》がたっぷり塗られている。さっそくみんなで味見をすることになった。串焼きした甘辛味噌の焦げ目も香ばしく、見た目の大きさに反して食べ応《ごた》えはかろやかだ。

「わあ、おいしい。お饅頭っていうかパンだね。それか肉まんの〝がわ〟みたいな」

「うんま。あんこ入ってないから重くないし、メシの後でもどんどん食えるわ」

「さくらちゃんとミゲルくんは食べないの？」

よく見ると、ふたりの口の周りに味噌がついている。持って帰るつもりだったが、焼きたてフカフカに辛抱たまらず、店の前で平らげてしまったという。

「そういえば、前橋で新田《にった》さんに会ったんすよ」

「え？　清香《さやか》さんに？」

それがね……、とさくらとミゲルが顔を見合わせつつ言った。

たまたま立ち寄ったコンビニで、新田の180SXが駐《と》まっているのを見つけたふたりは、店の裏で新田の姿を目撃したという。だが、なんだか様子がおかしい。

四十代くらいの男が一緒にいて、なにやら険悪なムードで話している。そのうち言い争いに発展し、男が新田の手を掴《つか》まえて、別の車に乗り込もうとしたものだから、ミゲルとさくらはたまらず止めに入った。

男はそれに驚いて、そのまま車に乗り込んで去ってしまったという。

ふたりに助けられた新田は礼を言ったが、手が小刻みに震えていた。

——助けてくれてありがとう。

——なんなんすか、今のやつ。

——私のクルマ目立つから、たまにああいう走り屋崩れみたいなのにからまれるの。

と新田は言っていたが、男が乗っていた車はいたってノーマルのセダンだった。走り屋の乗るようなクルマには見えなかったので「変だなあ」と思った。

新田はふたりに礼を言って、そのまま、さっと風のように走り去ってしまった。

絡まれたと言っていたが、話している雰囲気からすると相手は「知らない人」という様子ではなかった。

「元彼とか？」

「お金持ちの乗りそうな車だったよね？」

「高そうなスーツ着てたよな。……ま、俺のオーラにビビったっとやろな」

金髪の欧米顔で体格がいい上にど派手な紫のニッカボッカを穿《は》いているミゲルの出《い》で立ちは、確かにちょっと凄《すご》まれただけで腰がひけそうだ。なにはともあれ、新田のピンチを救えたのはよかった。

「とは言え地元のやつとのケンカは御法度だからな」

「わかっとーばい」

その日は仲良く焼きまんじゅうを堪能《たんのう》して終わったが――。

翌日、騒ぎは起きてしまったのだ。

＊

発端はＳＮＳだった。

何者かのアカウントから出土遺物の情報が流出した。現場で出土した千両箱の写真がばっちりアップされてしまい、しかも、そこそこバズってしまったのだ。

〝ついに徳川埋蔵金発見！　榛名山のふもとにあったってよ〟

そんな文章が添えられていて、親切に発掘現場の位置情報まで載っているではないか。

「なんだこれ！」

朝起きて一番にスマホを見た無量たちは一瞬で眠気が吹っ飛んだ。

最初に発見したのは萌絵だった。朝イチでSNSをチェックしたところ、いきなり「徳川埋蔵金」の五文字がトレンドワードにあがっていて、思わず飲んでいたコーヒーを噴き出すところだった。そこから大騒ぎだ。

「おい、なんだよこれ！　誰だよ！」

アカウント名は個人のもののようだった。だが匿名なのでこれだけでは特定できない。

「まずいだろ、これ！　まだ出土情報はどこにもリリースされてないのに」

すぐに発掘関係者全員に招集がかかった。朝食もろくに食べず棟方組の事務所に急行した無量たちを待っていたのは、電話対応に追われる棟方たちの姿だった。

「おはよーさん。えらいことになったわ」

「いったい誰がアップしたんすか、あの写真！」

SNSにあげられたのは昨日の深夜だった。夜のうちにすっかり拡散されてしまい、しかも発掘現場の場所まで知られてしまったので、朝から報道関係者やら何やらから一斉に確認の電話がかかってきて大わらわだという。

「アカウントに直接連絡とってみたら、なんとネタ元は地権者さんのお孫さんだったわ」

「お孫さん？　身内だったんすか」

「地権者さんが撮った写真をお孫さんが同級生に見せるつもりでこっそりLINEで送ってしまったらしい。そしたら、あっというまに友人たちに広まって」

そのうちのひとりが面白半分にSNSに載せたところ、あっというまに拡散されてしまったのだ。

「アカウントの子に連絡してすぐに削除してもらったが、時すでに遅かったわ……」

無量も忍たちも呆気《あっけ》にとられてしまっている。これがSNS時代の恐ろしいところだ。どこから流出するかわかったものではない。

おかげで「徳川埋蔵金が出た！」とネットは大騒ぎになっている。

まだ中身すら確認していないし、徳川家のものだと判明したわけでもない。ただ「千両箱」が出土したというだけで、もう「徳川埋蔵金」ということになってしまっている。

「俺のミスだ。地権者さん呼んだ時、写真撮らせたのがまずかったわー……」

だが、覆水盆に返らず、だ。

とにかくすぐに対応しなければ。

「越智《おち》たちを先に現場に行かせてるが、何があるともわからん。こっちは任せて、おまえらも現場に行ってくれ」

無量たちはその足で発掘現場に向かった。

すると、もうすでに発掘関係者ではない車が集まってきていて、プレハブ事務所の前では報道関係者らしき人々が越智兄弟に詰め寄っている。

「ですから、まだ調査中ですのでこちらから言えることは何も」

「ではあの画像のものがここから出土したというのは事実なんですね」

「ですから、それもまたあらためて」

「隠蔽《いんぺい》ですか！　やはり埋蔵金の可能性が高いということですか！」

野次馬まで集まってきて大変なことになっている。「千両箱の出土」だけでも裏を取ろうとする報道各社ともみあいになっていて、らちが明かない。その強引さに苛《いら》ついた無量が両者にぐいぐいと割って入った。

「はいはい、報告がまとまったらリリースしますから！　調査の邪魔だから帰って帰って！」

追い払おうとする無量にブーイングが集まった。だが無量も負けていない。

「憶測であることないこと広められても困りますから！　はい、帰った帰った！」

「おい……君。西原《さいばら》無量くんじゃないかね」

報道陣の中から突然、名を呼ばれた。

黒革のMA－1を着たやせ形の中年男だった。

「やっぱりそうだ！　宝物発掘師《トレジャー・ディガー》の西原無量だ。君がここを掘ってるということは、やはり徳川埋蔵金の調査だったということか」

「は？　なに言って」

記者の言葉に反応したのは近くにいた報道陣のほうだった。今度はその男のほうに詰め寄って、

「今のはどういう意味ですか。宝物発掘師《トレジャー・ディガー》というのは埋蔵金ハンターのことですか」

「埋蔵金ハンターが発掘していたということですね！」

誤解が誤解を呼んであらぬ方向に騒ぎが広がってしまう。こうなったら無量でも止められない。興奮する記者たちがますます声高に質問を畳みかけてきて収拾がつかなくなってきた時、いきなりびっくりするほど至近距離でハンドスピーカーのサイレンが鳴り始めた。

「ストーップ！　はい、そこまで！」

鳴らしたのはアルベルトではないか。

ぴたり、と黙った記者たちは突然現れた外国人に注目した。

「えー、大勢の記者さん集まってきてくれてアリガトウゴザイマス。せっかく来てくれましたので特別にこの発掘現場を案内しマス。いま行《おこな》ってる発掘は、六世紀に起きた榛名山噴火で埋まった集落遺構で――」

アルベルトは空気を読まずに噴火遺跡のことをスラスラと説明しはじめた。

「ちょっと……アルベルトさん」

「いいじゃないか。発掘調査中にマスコミが注目してくれることなんか滅多にないよ。いい機会だ。みんなに関心をもってもらおうよ」

現地説明会のように語り始めている。

集まっていた人々も次第に、ふんふん、と耳を傾け、興味を持ち始めたようだ。

「それでは例の埋蔵金は発掘調査中にたまたま出たものだったということですか」

「埋蔵金かどうかは、今の段階ではＳｉ《シ》ともＮｏ《ノ》とも言えません。ただのカラ箱かもしれません。ですから皆さんも憶測で記事を書いてはいけません。いいですか。Ｎｏですよ、Ｎｏ。わかりましたか」

「こちらの遺跡は古墳時代の集落とのことでしたが、火砕流で埋まった金井東裏遺跡と同時代の集落ということでしょうか」

先ほど無量の正体を見破った記者が訊《たず》ねてきた。

専門知識があるらしく、埋蔵金ではなく遺跡そのものに興味を示して質問をしはじめる。どんどん小難しい話になっていって、他の記者たちはついていけなくなったのか、徐々に熱気が冷めつつある。

記者たちは帰っていった。現場の混乱を軽やかに収めたアルベルトに、仲間たちは尊敬の眼差《まなざ》しを向けている。

「マスコミいなすの、うまいっすね……」

「イナス？　ナス？」

「かわす、とか、あしらう、みたいな意味っす」

「彼らも手ぶらじゃ帰れないだろうからね。こういう情報を渡してあげるだけでも満足してくれるもんだよ。それより目隠しフェンスを二重にしたほうがいいな。埋蔵金と聞いてよからぬやからが盗掘しにこないとも限らない」

埋蔵金泥棒も困るが、現場を荒らされるのが一番困る。

すぐに対応することにした。

「……災害考古学のアルベルト・バルロッティ博士でいらっしゃいますね」

ひとりだけ残っていた記者が声をかけてきた。見れば、さっき無量を名指しした黒革MA－1の記者ではないか。

「群馬新聞の桑野克雄《くわのかつお》と申します。文化部の記者をしております」

瓜実顔《うりざねがお》で目が細い、公家《くげ》を思わせる顔立ちの記者はご丁寧に名刺を差し出した。

「先ほどは失礼しました。まさか榛名山に来ておられたとは」

驚いたのは無量たちだ。文化部には考古学が専門の記者もいる。かつて無量の祖父・西原瑛一朗《えいいちろう》の捏造《ねつぞう》事件をスクープした毎経《まいけい》日報の如月真一《きさらぎしんいち》も文化部の記者だった。

アルベルトのことまで知っているとは、かなりの勉強家だ。

「ありがとうございます。ポンペイを取材されたのですか？」

「いいえ。県下の噴火遺跡について以前、記事にしたことが……。その折、ご著書を何冊か拝読させてもらいました」

「そうですか。ならば、埋蔵金よりもぜひこの遺跡の調査を取材なさってください。私は大歓迎ですよ」

「よろしいんですか」

「ええ、もちろん。いいですよね、ムリョー」

とアルベルトが水を向けてきたので、無量はあからさまに嫌そうな顔をした。昔から

マスコミ嫌いな上にさっきの名指しがすこぶる不愉快だったからだ。すると桑野記者は腰を低くして、

「さっきは不躾《ぶしつけ》に名を呼んでしまってすまなかった。こちらもびっくりしてしまったんだ。君の功績についてはよく耳にしています。改めて、群馬新聞の」

名刺を差し出そうとしたが、無量はさっときびすを返してプレハブ事務所に姿を隠してしまった。さすがに無視は心証が悪い、と思った忍がすかさず横から、

「大変失礼しました。西原が所属しております亀石《かめいし》発掘派遣事務所の相良《さがら》と申します」

名刺交換をしてフォローにまわった。

「いや、こちらこそ失礼しました。バルロッティ博士と西原さんが渋川で一緒に発掘をされていると知って、とても興奮しています。正直、埋蔵金はどうでもよくなりましたよ」

「こちらこそ詳しい方がおられて助かりました。ただ大変申し上げにくいのですが、当事務所の派遣員は事前に申請のない取材は受けない方針でおりまして、もし西原になにか直接、話を訊《き》く必要がある際は、我々を通していただけますか」

するると、桑野記者はなにか察したようだった。

「……ああ、ですよね。安心してください。余計なことを書くつもりはありませんから」

「ありがとうございます」

「ところで、西原瑛一朗氏はその後、お元気ですか」

　これには忍も黙った。

　桑野記者は、口元にうっすらと挑発的な笑みを浮かべている。

　それ以上の詮索《せんさく》はせず、桑野記者は引き揚げていった。忍の目は冷ややかにその背中を追っている。そこへミゲルがやってきた。

「如月ば思い出すやつたい。大丈夫と？」

「ああ……、厄介なやつに見つかったんでなければいいが」

　如月真一の前例がある。忍は名刺を改めて、見た。

　文化部の記者といえど、今時は、行政からの「発表」を受けて記事にするスタイルがほとんどだ。記者自身に考古学の専門知識がなくても「発表」の内容と識者の意見があれば、ほどよく記事ができてしまう。それをチェックできるだけの人材も多くはない。

　だが、あの記者はそうではないようだ。

「……一応、チェックは入れておいたほうがよさそうだ」

　忍は受け取った名刺を自分の名刺入れに突っ込んだ。

＊

　その後も現場にはＳＮＳを見たとおぼしき野次馬が次から次へとやってきた。

　現場監督でもある棟方は新田とともに問い合わせの対応に追われ、その日はとうとう現場に姿を見せなかった。

結局、無量とミゲルは目隠しフェンスの追加設置に一日明け暮れることになってしまった。重機担当のさくらたちはかろうじて表土剝がしを続けたが、幸いというべきか、怪しい土坑の痕跡《こんせき》はそれ以上は見つからなかった。

が、埋蔵金騒ぎは夕方のニュースで取り上げられたりもして、一日やそこらでは落ち着きそうもない。面白半分に盗掘される心配もある。夜間は警備のため交代で巡回をする羽目になってしまった。棟方の指示で問題の土坑の掘り下げを優先し、本命の調査に入る前に片付けることになった。

結論から言えば、千両箱はもう出てこなかった。土坑に埋められていた千両箱は、ひとつだけ。江戸城の蔵が空っぽになったはずだが、幕府の御用金にしては、少ない。だからと言って「無かった」とも断言はできない。「今回の調査区域」から出なかっただけで、区域外から発見される可能性はまだ残っているからだ。

一方、忍は毎経日報の如月記者と連絡をとることができた。

如月は桑野記者を知っていた。

『知ってるなんてもんじゃないぜ。なんせ俺も奴の記事でさんざん叩《たた》かれた側だからな』

「如月さんが？　なんで」

『俺が西原事件の後にやらかした黒松《くろまつ》遺跡の騒動を覚えてるか？』

「確か……誤認記事で関係者に自殺者が出て、如月さんが叩かれた」

『その先鋒《せんぽう》になったのが、奴だよ』

如月は、西原瑛一朗の遺物捏造をスクープした後で、まったく別の遺跡にも捏造疑惑をかけて「第二の西原事件」とスクープしたことがあった。確かに年代判定の難しい遺跡ではあったが、手順そのものに問題はなかったにもかかわらず、如月が書き立てたせいで騒動になり、とうとう関係者が身の潔白を訴えるために自殺までしてしまった。

桑野記者は発掘関係者の側に立ち、如月の誤認記事への反駁《はんばく》記事を堂々と書き上げて、遺跡発掘における過剰なスクープ狙いの報道姿勢を糾弾し、関係者の潔白を世に訴えたのだ。

『俺んとこは大炎上、あいつは英雄になって、業界はすっかりスクープに及び腰になっちまった。あれ以来どこの新聞も、お上からリリースされる〝発表〟と識者の〝意見〟頼みのヌルい記事しか書かなくなった。そりゃ勉強する記者もいなくなるってもんだ』

愚痴も交えながら、電話の向こうで如月は溜息《ためいき》をついている。

忍はメモを取りながら、さらに訊《たず》ねた。

「その、桑野記者というのはどういうタイプなんです？」

『奴が東京支社にいた頃、記者クラブ仲間でたまに飲んだが、まあ、今時珍しい勉強家だな。俺はスクープ狙いでギリギリを攻めるタイプだったが、あいつはコツコツと裏を取る。西原事件の時も捏造判定が誰よりネチネチしてやがった』

あとは、と如月は少し間を置いて、

『正義漢ってやつだな。曲がったことが大嫌いだった』

「新聞記者は大体そういうものじゃないんですか」

『そうでもないさ。俺なんかは他社を出し抜くスクープに快感求めるタイプだが、あいつは正義感とか使命感とかで記事を書くタイプだな』

と如月は分析して、こう付け加えた。

『俺みたいなスクープハンターも厄介だが、ああいう〝正義を『錦《にしき》の御旗《みはた》』に掲げるタイプ〟もめんどくさいぞ』

忍は苦笑いを浮かべた。

「自分が厄介だって認めてるんですね」

『ふん、これでも大人になったんだよ。それより、桑野はおまえの親父さんとも面識あったから、せいぜいばれないようにな』

「……まあ、何もないとは思いますが、問題が起きたら、相談させてください」

『例の千両箱だろ。SNSでバズってた。変な騒ぎになりそうだったら、助け船出してやる。無量のやつにもよろしくな』

その無量は、といえば、騒動以来、すこぶる機嫌が悪かった。

少し前から時折、何かに塞《ふさ》ぎ込んでいる気配はあった。それを萌絵の転職と例の移籍の件で迷っているせいだ、と忍は見ていた。が、騒動以来、それにイライラが加わったようで不機嫌オーラを隠さない無量にミゲルとさくらも恐れをなして声をかけられない。だいぶ情緒不安定になっている。

「……あんな西原くんは久しぶりに見ます。私、話しましょうか」

萌絵も心配している。

「いや。僕が話してみる。永倉さんに八つ当たりされても困るしね」

翌日は土曜で作業も休みだ。

ガス抜きが必要だと感じた忍は、無量をホテルから連れ出すことにした。

＊

発掘が始まって最初の休日だった。忍は朝から無量をドライブに誘った。

無量は「そんな気分になれない」と渋っていたが、半ば強引に連れ出した。やってきたのは、榛名湖のほとりだ。

標高千百メートルにある榛名山のカルデラ湖で、湖岸からは円錐《えんすい》形の美しい榛名富士を望める。湖岸をぶらついて、忍は買ってきた缶コーヒーを無量に差し出した。

雲が出ていて時折、雨もぱらつき、天気がさほどよくないためか、観光客の姿もまばらだ。榛名富士の稜線《りょうせん》をロープウェイがのんびりなぞっていく。湖にはバス釣りに興じる人々がボートを浮かべ、白鳥を象《かたど》ったペダルボートがゆったりと往き来していた。

「懐かしいな。スワンボート、久しぶりに乗ってみる？」

「やめて。ガキじゃないんだから」

「なら普通のボートにしようか？」

「ああいうのはカップルでキャッキャ言いながら乗るもんでしょ」

トゲのあるつっけんどんな言い方に、忍がちょっと淋《さび》しそうな顔をしたものだから、無量は我に返って少し態度を改めた。

「……ごめん。なんかちょっとはしゃぐ気になれなくて」

「いいよ。イレギュラーな騒動で神経使ってぴりぴりしてたんだろ。疲れもするさ」

忍は気むずかしい弟の機嫌を伺うように、体を傾けて顔を覗《のぞ》き込んだ。

「……でも、それだけじゃないようだ。何か気にかかることでもあるのかい？」

無量はじっと右手を見ている。忍は察して、

「この頃、やけに右手を見てる。痛むのか？」

「………。いや。逆」

無量は革手袋をはめた手で、結んで開いてを繰り返した。

「右手がうんともすんとも言わない。ここんとこずっと」

「ずっと？」

「和歌山からずっと、右手が黙りっぱなし」

無量はようやく打ち明けた。

佐分利《さぶり》家の山で空海の経筒を捜していた時から、右手が利かない。まるで空海の張った結界の中で右手のレーダーが探知不能になってしまったかのようだった。

決定的なのはあの晩見た夢だ。檜皮《ひわだ》色の衣を着た僧侶《そうりょ》に右手を持っていかれた。僧侶は不動明王に化身して消えた。

「あれはたぶん、空海だ。空海に〈鬼の手〉持っていかれたのかな」

「まさか……」

忍も捜索に同行していたが、確かに無量があんなに苦戦する姿は珍しいとは思っていた。結局、経筒は隣の山に埋まっていたので、それが探知不能の理由だったと納得していたのだが、まさかずっと続いているとは思わなかったのだ。

「単に〈鬼の手〉が故障したのか、あの変な感覚自体がなくなったのか……。わからないけど、あの後入った東京の現場でもこの現場でも、全然疼《うず》く気配がない」

「本当なのか。無量」

こくり、とうなずく。

「あの感覚があるのがずっと当たり前だったから、急になくなると、あせる」

「一時的な不調じゃないか？　もしくは、単に右手が反応するような遺物が何も埋まってないだけなのかもしれない」

「けど、あの千両箱が出た時も全然反応しなかった。俺が掘り当てたのに」

「千両箱ったって確認できてるのは箱だけだろ？　中身はカラかもしれない」

「カラじゃない。何か中に入ってる感触はあった」

取り上げの際に吊《つ》り上げベルトを遺物にかけた時、内容物が箱の中で動くのを感じた。空っぽということはないはずだ。やはり小判なのかもしれない。

「でも何も反応してなかった。いきなり剣スコの先が当たったから、びっくりした。あんなのは初めてだ。あんな大きな遺物が埋まってたのに俺はなんにもわからなかった。いつもなら、あれだけのものが埋まってたら土に熱とか感じたり、重い物が埋まってる感じするのに。何の声も聞こえなかった。そこに〝いる〟って気づかなかった」

逆に言えば、大きな遺物が出る前は必ず何らかの前兆があったということだ。そのことにこそ忍は戦慄《せんりつ》したが、無量にとってはごく自然な感覚だったのだろう。

「空海に鬼の魂を抜かれたのかな……。あの時、転法輪筒出すために自分を差し出す覚悟はあるかって訊《き》かれた。あるって答えたのが間違いだったのかな。やっぱり〈鬼の手〉はただの手になっちゃったのかも」

「まだ決めつけるのは早いよ」

「だって現場にいるのに全然、痛みも疼きもしないんだぞ！　こんなの変だろやっぱり！」

無量は焦りを隠せない。

「……あの感覚がある時はなんで土の中の遺物がわかんのか、自分が薄気味悪かったけど、心ん中じゃ無意識に、右手が遺物を嗅《か》ぎ当てるの期待して毎回あてにしてたのかも。

俺のことを〝宝物発掘師《トレジャー・ディガー》〟だなんて周りがちやほやしてたのも、あの感覚があったからで……。それがなくなった俺は、ただの平凡な発掘屋なわけで」

「無量」

「A級ディガーでもなんでもない。ただのどこにでもいる発掘屋だ。結局、あの力があったから、俺は評価されてただけで……。本当の俺はアルベルトさんたちがもてはやすような発掘屋じゃ」

「そんなことない」

忍はきっぱりと否定した。

「たとえ、右手が何も感じ取れなくなったんだとしても、おまえは十分、発掘の知識もスキルもある。現に熊野の山の中でも経筒を見つけられたじゃないか。右手に頼らなくてもおまえは自力で見つけられた。それだけの知識と経験があったからだ。右手が反応しなくなったからA級を取り消されるなんてことは絶対にない」

はっきりと断言した忍に、無量はすがるような目を向けた。

「そうなの……かな」

「そうだよ。おまえはもっと発掘屋としての自信を持て。右手の力があったからすごいんじゃない。おまえがプロフェッショナルだからだ」

無量は冷めたコーヒーの缶を両手で包んで、うつむいた。

「……でもアルベルトさんは俺の右手に期待してる」

「期待させとけばいいよ。右手が沈黙していても無量は掘れる。それにこれは宝物探しじゃない。発掘調査だ。変なプレッシャーを感じる必要はない。大丈夫だよ」

忍が無量の右手に手を重ねた。

そのあたたかさに心の不安が少しだけ収まった。

「……忍ちゃん」

「大丈夫。その力があろうがなかろうが、無量は無量だ。俺がついてる。だから安心して掘れ。いつも通りにね」

うん、と子供のようにうなずいて無量は残った苦いコーヒーを飲み干した。

気持ちが楽になったのか、よし、と立ち上がった。

「スワンボート乗ろうか。忍ちゃん」

*

「本当に申し訳ありませんでした！」

地権者の八重樫夫妻は、萌絵に向かって平謝りに謝った。

八重樫家の客間には一家全員、ずらりと正座して、座卓を挟んで萌絵と向き合っている。息子夫婦の隣には情報流出の原因を作った中学生の孫もいる。親から後頭部を押さえ込まれ、細い声で「ごめんなさい」と言い、深々と頭を下げた。

「あの、私は発掘会社の人間ではありませんので謝らないでください。どうぞ皆さん、顔を上げてください」

萌絵がこの日、八重樫家を訪れたのは亀石所長の指示だった。「地権者に問い合わせが殺到するのでは」と心配した棟方に亀石が応《こた》えた。カメケンは埋蔵文化財に関する「なんでも屋」的なところがある。瑛一朗の事件が起きた時、西原家を襲ったメディアスクラムを止められなかった反省からマスコミ対応マニュアルも作っていた。担当者として萌絵が派遣されたのだ。

「経緯は伺いました。報道関係者から問い合わせがきて大変だったのでは」

「はい、昨日一昨日とあちこちから電話が。そのたびに棟方さんの指示通り『問い合わせは棟方組に』と伝えたんだが、中にはしつこく畑のことやら先祖のことやら聞いてくるひともいて」

萌絵は冷や汗をかいている。自分も調べる気満々だったからだ。

「お困りのようですので今後は当事務所が窓口になって対応いたします。しつこい相手はうちにふってください。説明代行しますので」

「助かります」

そのための聴き取りをすることになった。

千両箱のことは全く知らず、親からもそのような話は伝わっていないという。寝耳に水のことで、地権者である当人たちが一番驚いていた。

「……あの畑は先祖代々、受け継がれたものだったんですか？」

「実はあそこには元々、家が建ってたんですよ」

「家……ですか」

「うちは昭和の中頃まで養蚕農家でね。今は畑になってるとこに分家筋の家があったんだよ」

上州は養蚕が盛んな土地だ。農村部に今も見られる古い二階建ての横長な木造建築は、二階が蚕を育てる蚕室になっていた。蚕棚を並べるため間仕切りがなく、埃《ほこり》を掃き出すための大きな窓がある独特の家構えだ。今はこんにゃく芋を育てている畑の多くも、かつては蚕の餌となる桑の木を栽培していた。

江戸時代の中頃から、上州は養蚕・製糸・絹織物が盛んだった。

明治時代に海外との貿易が始まると、富岡《とみおか》製糸場などの近代的な製糸工場がいくつもできて、生糸の生産は日本の一大産業へと育った。群馬県も養蚕と製糸業とで大きく発展してきたのだが、昭和の中頃に入って安い輸入生糸にその座を取って代わられ、生産量も激減していったという。

「うちみたいに養蚕でやっていくのが厳しくなった家では、こんにゃく芋の栽培に切り替えるところが多かったんさ」

こんにゃくが群馬の名産品になったのはそんな理由もあったのだ。

「八重樫家は、養蚕をいつ頃からなさってたんでしょうか」

「江戸時代の頃からじゃねえかな」

「すると、明治維新の頃も」

「はい」

「その頃のお話などは、なにか伝わっていますか」

そうだぃねぇ、と八重樫夫妻は顔を見合わせて、首を傾げた。

「このあたりは三国《みくに》街道沿いで昔は渋川宿という宿場だったんです。養蚕をしとって裕福な家も多かったから、向学心のある若者が多かったんだぃね。人の往来が多かったから、よそから遊学にくるモンとの交流も盛んで、渋川郷学《きょうがく》ちゅう学問ができたんだよ」

「渋川……郷学ですか」

「ああね。尊皇開国を説いたんさ」

萌絵はちょっと驚いた。幕末の農村で尊皇攘夷《じょうい》の熱気に浮かされて倒幕に立ち上がった人々の話は時折聞くが、渋川では「攘夷」ではなく「開国」だったのか。外国人を打ち払うのではなく、国を開け、と。

時代の流行《はや》りとなっていた攘夷の熱狂とは真逆で、考え方としては幕府寄りと言えるが、ある意味、開明的だ。そういう思想が江戸から遠く離れた上州の農村の若者に広まっていたことに萌絵は感銘を受けた。

「当家の先祖も渋川郷学を学んどったんだいね。当時『芝中《しばなか》の先生』と呼ばれとった吉《よし》田芝渓《だしけい》に師事しとったっちゅうね」

八重樫英雄は記憶を辿《たど》りながら、語った。

「……ああ、そうそう。思い出した。これは祖父から聞いた話だけど、先祖は確か、倉《くら》渕《ぶち》のほうにも通っとったそうだいね」

「倉渕……？　どちらでしょう」

「榛名山の裏っかわ。昔、幕府の勘定奉行だった小栗上野介が幕臣をやめて隠居した村があるんさ。権田村っちゅう。そこにちょくちょく足を運んでたっちゅうね」

「小栗忠順《ただまさ》の、ですか！」

小栗上野介忠順。

まさに「徳川埋蔵金」伝説の当事者ではないか！

「先祖は小栗を襲撃したんさ」

襲撃！　と萌絵は思わず声をあげ、座卓に身を乗り出してしまった。

「なんでまた」

「地元の博徒が小栗の持ってきた莫大《ばくだい》な財産を狙って、若モンたちを焚《た》きつけたんだぃね。三千人ぐらい集まったんさ。先祖たちゃ小栗が幕府の御用金を持ち出したって思い込んでて義憤にかられたんだぃな」

「それで小栗忠順を襲撃したんですか？　まさか、あの千両箱はそのときの！」

「……いやいや。襲撃は失敗したんさ。向こうには最新式の大砲とフランス製の銃があったんだぃな。それで追っ払われたんさね」

なかなかハードなエピソードだ。知られざる郷土の歴史に萌絵は度肝を抜かれた。

「……まあ、でもそこで誤解が解けたんだぃね。上野介とその家臣たちが寺で塾さ始めるって聞いて、うちの先祖も倉渕まで通ったんさ」

だが小栗上野介はその地で官軍に捕らえられ、斬首《ざんしゅ》に処せられてしまう。農兵を集めて決起しようとしていた、との嫌疑をかけられたのだ。

「小栗さまは逆賊などではありませんよ」

そう言ったのは妻・真喜子《まきこ》だ。

「日本の近代化の父と呼ばれている方です。幕臣として米国視察に行って、当時の西洋文明の最先端を見てきた方です。それを日本の未来に生かそうとしていた。私は倉渕に近い安中《あんなか》の出身ですが、小栗さまのお話は年長の者からよく聞かされてきました」

「では『徳川埋蔵金』は」

「そんなもの、あるはずがありません」

真喜子はほがらかに一蹴《いっしゅう》した。

「小栗さまほどの方なら、そんな大金、埋めたりはせず、郷土のため国のために使ったはず。ですから、あの千両箱も埋蔵金などではありません」

穏やかに断言され、萌絵も憑《つ》きものが落ちた気がした。

確かにその通りだ。一瞬でも真に受けて浮かれた自分を反省した。

「……わかりました。ではあの場所のことを聞かせてください。分家筋の家が建っていたと仰《おっしゃ》いましたが」

「屋号で〝左文字《さもんじ》〟と呼んでました。叔父《おじ》が婿入りしとって、三人の子がおったが、ふたりは幼い頃、病で亡くなり、末の息子は高崎の空襲で亡くなったそうです」

戦時中、高崎の街は軍都と呼ばれた。高崎城跡には歩兵第十五連隊が置かれ、この地から日清《にっしん》・日露《にちろ》・日中《にっちゅう》戦争と大陸に出兵している。軍需工場も多く、太平洋《たいへいよう》戦争ではそれらが空襲で狙われた。

「若い嫁がおったそうだが、子はおらんかったので、その嫁も終戦後、実家に戻りました。跡継ぎがいないので、叔父が亡くなった後、土地は当家に戻されました。養蚕も継ぐ者がおらんので家屋を潰《つぶ》して畑に」

屋号・左文字の家は絶えてしまった。

その分家筋の者なら何か千両箱のことも伝わっていたかもしれないが、家が建っていた頃を知るひとは、いたとしても高齢で、存命の者はほとんどいないだろうとの話だった。

「そちらの分家ができたのはいつ頃ですか」

「うーん……。いつごろだんべねぇ」

八重樫が首を傾げると、息子の誠《まこと》が「あっ」と手を叩《たた》いた。

「ほら。父ちゃん、あそこにあるっぺ」

「どこだぃね」

「仏壇の位牌《いはい》入れ」

「位牌入れ？」

「はい。うちでは先祖ひとりひとりの戒名を木札に書いて、箱のついた位牌に入れてあるんです」

回出位牌とか繰出位牌と呼ばれるものだ。先祖の位牌をまとめて祀《まつ》ることができる。

「学生の頃、何かの課題で家系図を作ったことがあったんですよ。それを見ればわかるんじゃ」

「とってあるんですか」

「確か、蔵のどっかにまだしまってあるはず。探してみましょう」

手伝います！　と言って萌絵も勢いよく立ち上がった。


養蚕農家だった八重樫家は横に長い造りで、蚕室だった二階も今は息子夫婦の住まいに改装されている。赤いトタン屋根の中央には越屋根がのっていて、二階の掃き出し窓には名残りの手すりがわたされている。養蚕で潤ったこのあたりの家々は庭に立派な土蔵も持っていた。白壁には家紋が入っており、入口には固く錠前がかかっている。

広い庭には池まであり、池の向こうの少し小高くなったところに小さな祠《ほこら》がふたつ並んでいる。少し変わった形をしている。

「あの祠は？　屋敷神ですか？」

「はい。右のが榛名の大明神で、左のはアズマテラス大明神ですね」

この地方では「アマテラス」のことをそう呼ぶのか、と萌絵は理解した。

「ああ、そういえば、左のは左文字の家から移してきたもんですよ」

サンダルをつっかけた八重樫英雄が土蔵の鍵《かぎ》を持ってやってきた。

「左文字の、というと、例の分家筋さんのですか」

「家を壊す前に神様まで壊すのはまずいんでねえかって、ここに持ってきたんさ」

ふたつの石祠の前にはきちんと盃《さかずき》が置かれている。

いまも大切に祀られているようだ。

「さ。こちらです、どうぞ」

*

萌絵から報告の電話がかかってきたのは、忍と無量がスワンボートに乗っている時だった。

湖の上で八重樫家の話を聞き、世間で噂の徳川埋蔵金などではなさそうだという結論に至った。

例の分家筋である「左文字」の家が、八重樫の本家から分かれたのは江戸時代の中頃。元禄《げんろく》年間だったことが判明した。八重樫の息子からは、近所の菩提寺《ぼだいじ》に当時の過去帳が保管されていると聞いたので、明日あたってみるという。

『西原くんはあの埋納坑のあった土層も確認したんだよね。埋納坑の立ち上がった土層から、千両箱を埋めたおおよその時期がわかるんじゃない？』

「そのはずなんだけどね」

いつもならすぐにそうしている。だが問題はここが畑だったことだ。

「もともと家が建ってたところを畑にしたでしょ。その時、めちゃめちゃ土を掘り返してる。攪乱《かくらん》っていうより攪拌《かくはん》されててFPより上の土層がぐっちゃぐちゃ」

土を耕したために層序がかき混ぜられてしまい、上の層ほど年代判定が難しくなってしまっている。おおよその年代はわかっても精度は下がってしまうだろう。

ターゲット層は地下三メートル付近にあったため、上層の攪乱があっても調査に影響はしない。

だが「千両箱」はあきらかに近世以降に埋めたものだ。

「他の場所なら浅間山から降った火山灰とかを『鍵層』に時代判定できたかもなんだけどね。あとは箱と中身から判断するしかないね」

無量からも匙《さじ》を投げられてしまった。

『わかりました。できるところから調べてみます。……デート中お邪魔しました。ではごゆっくり』

スワンボートに乗っているのは萌絵からは見えなかったはずだが……。

「……こりゃ自分だけ観光しそびれたの根に持ってんな」

無量がペダルをゆるゆる漕《こ》ぎながら言うと、忍はスマホをしまって、

「無量とスワン漕ぎたかったんだよ。きっと」

「やめて。あんなんと乗ったら競輪選手並に漕ぎまくられて、俺の脚が死ぬ」

ふたりはボートを下りて車に戻った。

小雨もあがり、榛名富士がくっきりと見えるようになってきた。

「それにしても、小栗上野介か」

忍が運転席に乗り込んで、シートに頭を預けた。

助手席の無量は抹茶フロートを食べながら、

「……確か、あれでしょ。幕府最後の勘定奉行だったひと」

「それだけじゃない。書院番、目付、外国奉行や南町奉行、海軍・陸軍・軍艦奉行並……たくさん歴任してる。というか罷免されてもまたすぐ役職についたというから、よほどだな。物凄《すご》い切れ者で、歯に衣着《きぬ》せない直言癖があったと聞くから、そんじょそこらの幕閣では扱えなかったんだろう。瀕死《ひんし》の幕府の屋台骨を担ったエリート中のエリートで、史上初の米国視察にも行っていて、日本に本格的な造船所や製鉄所を作ろうとしていた。幕臣として日本の近代化を推し進めようとしていたらしい。明治政府の大失敗のひとつは、このひとを処刑したことだとも言われてる」

「そんなすごいひとが幕府にいたんだ」

「彼が生きていれば、日本の近代化をさらに二十年早く進めたかもしれない。そうか、小栗が隠棲《いんせい》したのは、榛名山の麓《ふもと》だったのか」

埋蔵金伝説の可否はともかく、八重樫家の先祖と繋《つな》がりがあったことにも驚いた。上州では幕末に世直し一揆《いっき》が頻発したというから、小栗に関する噂にも民衆の間で尾《お》鰭《ひれ》がつきやすかったのだろう。埋蔵金伝説の出所はたぶん、そんなところだ。

「せっかくだから、ちょっと行ってみる？　その権田村ってところ」

無量が言い出した。そう遠くはないはずだ。

「そうだな。時間はたっぷりあるし、帰りに水沢うどんでも食べて帰ろう」

忍は車のエンジンをかけた。


榛名湖を後にして倉渕へと抜ける県道を走り出し、榛名神社の入口を過ぎて、山間の道をしばらく下った頃だった。

忍は黙ってアクセルを踏み、無量も黙って窓を眺めている。口を開いたのは、無量だった。

「……なあ、気づいてる？」

「うん」

「さっきから、あおられてるよね」

ふたりを乗せた車のすぐ後ろに黒いクルマがいる。スポーツタイプの国産車だ。迫力のあるフロントに太いタイヤ、下り坂では自重だけでぐんぐん落ちていきそうな高級スポーツ車が、榛名神社の入口を過ぎたあたりから、ずっと後ろにくっついている。

片側一車線の道で時々狭くもなるが、麓からあがってくる車はほとんどいないので、追い越そうと思えばいくらでも追い越せるのに、ずっと後ろにくっついているのだ。

「追い越し禁止じゃないし追い越せないほど狭くもないのに、ヤバくね？」

「とりあえず、いったんやりすごそう」

といい、忍はハザードランプをつけて路肩に車を寄せた。黒い車はすっと追い抜いていった。

「走り屋かな」

「黒いGT－R」

「えっ。棟方さんと同じクルマ？　あれが？」

「いや、最近のやつだ。〝スカイライン〟がつかなくなったほうの。足回りも純正品で固めてる。あんないいクルマ乗ってるのに、マナーが悪くて台無しだな」

しばらくしてからまた走り始めた。するとその先の路肩にさっき追い越していった車がハザードを出して停まっているではないか。忍たちの車が追い抜くと、すぐに動き出してまたぴたりと後ろにつき、あおってくる。

「おいおい、なんだよ。気持ち悪ッ」

無量もさすがに異常だと気がついた。

「挑発してんのかな。バトルしろって」

「こんなオートマのファミリー車とGT－Rが？　そんなの弱い者いじめだ」

何度か路肩に寄せてやり過ごしても、その先で待っていて、追いつくとすかさずついてくる。これはもう間違いなく狙われている。アクセルを踏めば向こうも踏み、遅く走っても追い抜こうとしない。まるでストーカーだ。

「キモッ。どうする、忍」

「こんなところでバトる気はないけど、相手がGT－Rじゃ加速して突き放すのは無理だな。無量、深く座って頭つけてどっかつかまって」

と忍が指示したので無量はドア上の手すりを摑《つか》んだ。忍は対向車が来ないのを確認し、

「行くよ」と言うや否や、カーブの手前でいきなりアクセルをべったり踏み込んだ。不自然な挙動でいきなり急加速した車は一瞬、GT－Rを突き放した。意表をつかれた相手が反応するより早く、忍はハンドルとギアを同時に操った。あまりに素早くて隣の無量も何が起きたかわからなかった。ほぼ同時の急ハンドルとブレーキングでふたりの車はリアタイヤが横滑りしてGT－Rをかわすように百八十度回転し、普通ならUターンできそうもない道幅で鮮やかにUターンをかまして元来た道を猛スピードであがっていく。

一連の挙動に度肝を抜かれたのか、黒いGT－Rは追いかけてこなかった。

「……これでまた戻ってきたら、通報だな」

忍は悠然としているが、隣の無量はシートにへばりついている。

「な……なにしたの。忍ちゃん」

「すまん。ちょっとリアが流れた」

「ながれるって、なにがぁ……」

「オートマでノーマルだし、こんなもんかな」

泣きそうになっている無量の横で、忍はバックミラーを見て、無礼なあおり運転車が戻ってこないのを確認した。

「黒いGT－R……か」

タチの悪いドライバーだったが、やけに粘着質な走り方が気になった。

借りた車に傷をつけなくてよかったが、忍はどうにも嫌な予感がしてならない。

＊

嫌な車に遭遇してケチがついたので、その日は結局、権田村までは行かず、渋川に戻りがてら、水沢観音に寄ってお詣《まい》りをし、水沢うどんを食べて帰ることにした。

棟方から無量に連絡が入ったのは、うどんを食べている時だった。

「マジか！　……忍。X線、もうしてるって！」

木製品は、本格的な分析に入る前に保存処理が行われる。

長く土に埋まっていた木製品は乾燥が大敵だ。水の代わりに薬品をしみこませる保存処理が行われるまでは水に浸して保存する。

だが、今回は箱の中に内容物があるので、保存処理するにも一旦《いったん》中身を取りださなければならない。そのため内容物を把握してから、取りだし方や保存手順を検討することになったらしい。

分析装置のある研究所に棟方の知り合いがいて、休日返上で動かしてくれたという。

「本当か？　なにが入ってたって？」

「ちょっと画像は送れないから直接見に来いって言ってる。行こう」

喉《のど》ごしのいいうどんを飲むように食べきると、すぐに車に飛び乗った。

向かった先は高崎にある電機メーカーの研究所だ。分析装置が揃っていて、棟方の発掘会社もよく世話になっているという。駐車場には「棟方組」のロゴが入ったトラックが駐《と》まっていて、研究棟の入口で棟方と新田が待っていた。

「おう、来たか」

棟方は意気揚々だが、新田の顔は心なしかこわばっている。よほどのものが出たらしい。しかもアルベルトまでいるではないか。調査目的と千両箱は関係ないはずなのだが。

「面白いものが出たからって急に呼ばれたんだよ。ジムで筋トレしてたのに」

「何が入ってたんすか。やっぱ小判すか」

「いやいや。もっとすごいもんだ」

棟方が分析室のモニターに画像を出した。

興味津々で覗《のぞ》き込んだ無量と忍は、X線画像に映った「千両箱の中身」を見て、あれ？　と思わず声をあげた。

「ちょっと待って。この形って……」

「小判よりずっとおもしれえだろ」

棟方はニヤニヤしている。早く発表したくて仕方ないといった顔だ。

無量は完全に意表をつかれた。

「もしかして……ハニワっすか」

砲弾のような形をしているが、これは土人形だ。

しかも冑《かぶと》をかぶり甲《よろい》のようなものをまとって、目鼻が空洞になっている。

「武人埴輪《はにわ》のようだな。しかも完形。どこも欠けてない」

「……それと、この下にある丸いもの。鏡じゃないですか？」

そのように見える。銅鏡だ。ただ形が少し変わっている。鏡の周りに七つ、小さな丸いものがくっついている。

埴輪は何か檻《おり》のようなものに入っていて、その周りには木の葉を散らしたような謎の物体も確認できた。それらの周りの空間を緩衝材のように埋めているのは丸いおにぎりのような物体だ。

「ハニワと鏡……。まさかこれって」

ああ、と棟方は腕を組んでうなずいた。

「どうやら埋蔵金の正体は、古墳の出土遺物だったらしい」

無量と忍は、お互いの顔を見合わせてしまった。

どういうことだ？

千両箱の中身が、古墳の副葬品とは……一体……。

第三章　迦葉山の天狗

宝箱の中身は、古墳の遺物のようだった。

まだX線画像でしか見ることはできないが、少なくとも小判ではないし、徳川埋蔵金の可能性は完全に消えた、というわけだ。

だが新たな謎が出てきた。

「……素直に考えれば、後世のひとが土を掘ってたら埴輪と鏡が出てきて、お宝と喜んで、千両箱に大切にしまって、なんでか埋めたってことっすよね」

無量《むりよう》が言うと、他の面々はうんうんとうなずいた。

「……千両箱は確かに江戸時代に使われてたものだが、埋めたのは後世かもしれない」

「土層の攪乱《かくらん》が痛いっすね……。埋めた時期を特定できない」

「ただ少なくとも表土より五十センチほど掘り下げたところに土坑面があったことは確認できていますよね」

こんにゃく芋畑の畝《うね》をならした表土の厚さは三十センチほどあった。表土を剝《は》いだ後、さらに三十センチのところにショベルを入れた時に発見した、とさくらは証言した。その後、無量たちが土坑の立ち上がった面がそれより十センチ上だったことは確認している。

「土層観察層をもうひとつ、畑の畦道《あぜみち》だった部分に作ってみるのはどうでしょう」

「けど家を壊した後、一回、全面的に掘り返してるんだよな」

「手が入ってないきれいな土層を観る場所が必要ですよ」

議論は続いている。アルベルトだけはそこには参加せず、ずっとX線画像に見入っている。何か気になることでも？　と忍《しのぶ》が問うと、

「はい。この木の葉のようなものが気になります」

二センチほどの大きさの葉のような欠片《かけら》が縦一列に連なっている。よく見れば、ボタン状の突起も並んでいて、何かの板のようにみえるのだ。

「これは……金属製の装飾品じゃないですか……？」

無量と棟方《むなかた》たちも一斉にモニターに注目した。アルベルトはモニターの画像を指でなぞるようにして、

「木の葉のような欠片はこの三枚の板についているようです。全体がひしゃげてるように見えますが、これは金属製の装飾品に見えます」

「冠……じゃないすか」

無量が呟《つぶや》いた。

「材質はわからないけど、なんらかの金属板を用いた冠かも」

「ふーむ……。確かに山王金冠塚《さんのうきんかんづか》古墳で出た金冠を思わせるなあ」

「キンカン？」

「金銅製の冠だ。前橋にある前方後円墳から出土した」

しかし、この画像だけではなんとも言えない。すると、奥から声をかけられた。この研究所で非破壊検査の技師をしている棟方の友人だった。

「CTなら、いま空いてるよ。ついでにスキャンしてみっか」

「いいのか」

「噂の埋蔵金だろ。上には俺から事後承諾とっとくよ。……部屋開けて準備するから、ちょっと待っててくれ」

幸運にもその場でCTスキャンもとれることになった。今回の調査はあくまで古墳時代の遺跡だが、調査責任者のアルベルトも同席しているので（費用面での）話も早い。

セッティングが完了し、X線CTスキャナーによる撮影が始まった。

CT（コンピュータ断層撮影法）は立体的に内部をスキャンすることができる。オペレーター室で画像を覗き込んでいた一同は、徐々に明らかになる箱の内部をくいいるように見ている。

「……やっぱり、だ」

古墳時代の冠だ。

「すごいもんが入ってたじゃないか」

頭をぐるりと取り囲む金属製らしき帯に「出」の字の形をした金銅板とみられる立飾りがついている。高さは三十センチ以上はあるだろうか。「出」の枝についた、たくさんの木ノ葉が茂ったような金属製の飾りは〝歩揺《ほよう》〟と呼ばれるものだ。

「金銅製の歩揺冠……か。山王金冠塚のとも似てるが、どこかで見たような」

「朝鮮半島っす」

モニターを睨《にら》む無量は、心なしか、表情が硬い。

「冠の正面の『出』字形の歩揺、慶州《キョンジュ》にある〝新羅の王墓〟から出た金冠とよく似てる」

「新羅か……。なるほど、群馬の大型古墳から出土する遺物も、百済より新羅の影響が濃いものがあるから、やはりこのあたりの古墳から出たものか」

「このおにぎりみたいなのは、赤玉じゃありませんか？」

アルベルトが言った。

「金井東裏からも出たベンガラと粘土を団子状にしたもの」

「石室に塗られるやつっすね」

「もう少し画像を傾けてもらえますか」

忍が見ているのは、鏡だった。

千両箱を一ミリ単位で輪切りにしたスキャン画像からは鏡の断面図も確認できた。

「……この鏡は……たしか」

「七鈴鏡《しちれいきょう》ってやつだ」

棟方が答えた。

「鏡の周りを囲むようについてる小さい丸い物体は、鈴だ。ちゃんと鳴る。鈴が七ついてるから、これは七鈴鏡。群馬ではよく出る」

鈴鏡《れいきょう》と呼ばれるものだ。

その形は一見、タンバリンに似ている。鏡本体の周縁に鈴がついている。

全国の古墳から出土しているが、特に関東・中部地方において発見例が多く、最もよく見つかっているのがこの群馬県だった。日本独特の形であり、大陸では見られない。

鈴の中には小石などが入っていて、振れば音が出る。ポピュラーなのは六鈴鏡《ろくれいきょう》で、鈴の数も三個から十個のものまで見つかっている。

「確か、九鈴鏡《くれいきょう》だけ、ないんすよね」

無量が言った。棟方がうなずき、

「そう。まだ出土してないだけなのか、九という数字に何か意味があって作られなかったのか」

祭祀《さいし》用の鏡だといわれるが、用途には謎も多い。

「……鈴鏡となると古墳時代後期だ。五、六世紀ってとこか」

「新羅系の金冠も、時期的には合いますね」

「やっぱり、アレか。江戸時代に誰かがどっかの古墳を暴いて持ってきたっていう」

その可能性は高い。

なぜまたそれを千両箱に入れて埋めたのかは、謎だが。

「埋蔵金ではなかったが、これはこれで大発見だぞ……」

ＣＴスキャンによる分析は大きな収穫があった。

早く中身を取りだして実物を拝みたいものだ。千両箱は一旦《いったん》、棟方組に戻され、改めて県の埋蔵文化財センターに持ち込み、中身を取りだす方法と保存処理方法が検討されることになっている。

一通りの分析が終わった頃には、もう日も暮れていた。

「お疲れさん。悪かったな、休みの日まで呼び出して」

「いえ。早く中身が見られてよかっ……」

ズン、と突然、足元から突き上げるような揺れが起きた。

「わ。地震？」

駐車場に並ぶ車が揺れて、頭上の電線も揺れている。

しばらくしてやんだが、割と大きかった。心臓に悪い。

「分析中でなくてよかったな」

「なんか昨日の夜もありましたよね。地震」

「東日本のやつの余震だろうけど、なかなかやまないな」

忍が、ふと振り返ると、新田《にった》がアルベルトにしがみつくようにして辺りを窺《うかが》っている。

地震が怖いのか、離れようとしない。そういえば分析の最中もずっと寡黙だった。心なしか顔がこわばっている。

「新田さん、大丈夫ですか?」

「あ……いえ。大丈夫」

新田は我に返ったようにアルベルトから離れた。

「私、地震が苦手で」

忍と無量は、棟方組のトラックが出ていくのを見送った。

夕闇に包まれる街は明かりが灯《とも》り始めている。目の前の国道は車のヘッドライトと赤いテールランプが数珠《じゅず》つなぎになって、赤く染まる西の空には、上州の山並みの個性的なシルエットが影絵のように浮かんでいる。

無量の表情も硬い。千両箱の中身は思いがけない「お宝」だったにもかかわらず、はしゃぐのでもなく興奮している様子でもない。

むしろ、思い詰めているようにも見える。

忍はそんな無量の横顔を見つめている。

*

「ええっ! 埋蔵金じゃなくてハニワが入ってたんですか!」

大きな声をあげた萌絵《もえ》に、忍が慌てて「しっ」と指を立てた。まだどこにも発表はしていない極秘事項だ。萌絵も口を押さえて周りを見回した。

週末の居酒屋は地元客で賑《にぎ》わっている。

渋川に戻ってチーム・カメケンと合流した忍だ。近所の居酒屋に集まって夕食をとりつつ、声をひそめて分析結果を報告した。

「すごーい！　きっとハニワが私さ呼んだんだべな」

一番喜んだのは千両箱発見の功労者であるさくらだ。埴輪《はにわ》マニアで今日も朝から張り切って、あちこちの博物館を巡り「群馬で出土した埴輪」をたくさん見てきたという。

「……またハニワ……。もう腹一杯なんですけど」

ミゲルは、といえば、今日一日やることもなく暇だったので、さくらにつきあって仲良く「ハニワ巡り」をしてきた後だった。

「その千両箱は江戸時代のものだと確認できたんですっけ」

「土坑の立ち上がりは畑さ耕した攪乱《かくらん》の跡より深かったがら、まだ家が建ってた頃に庭に埋めたんじゃねべか」

「そのハニワは元はどこから出てきたものなのかな」

「そりゃ古墳やろ？」

「どこの古墳？」

「案外、庭の下にあったのかも」

「地下古墳？　古墳の上に家が建っとったゆーとか。まっさかー」

いや、と忍は言い、刺身こんにゃくをつまんで、小皿にとった出汁《だし》巻き玉子にかぶせた。

「こんなふうに分厚い火山噴出物に埋まった古墳も、このへんなら結構あるはずだ。まあ、出すとなると一度は掘らないといけないわけだが」

「盗掘品かもしれないですね」

萌絵も頭を働かせた。

「誰かが古墳を盗掘して、出てきたものをあの箱に隠したのかもしれません。金冠や銅鏡が入ってたなら尚更《なおさら》そっちかも」

「江戸時代には盗掘が横行してたみたいだしね」

近世に入ると、あちらこちらで新しい土地の開墾が進んだこともあり、古墳や横穴墓がどんどん見つかった。

江戸時代の史料にはそういう記録が俄然《がぜん》増えてくる。

「塚を壊したら石室や石棺が見つかって、勾玉《まがたま》の首飾りや鏡が出てきた、なんて話も郷土史なんかでたまに見かける。江戸後期にもなると考古趣味や好事家《こうずか》のコレクターが増えて、お宝めあての盗掘や古墳の破壊も増えたようだ」

「ふうん。江戸時代のお宝ハンターだべな」

「まあ、真面目に学術調査した人たちもいたようだけどね」

「知ってます！　初めて古墳調査をしたのって、水戸《みと》の黄門《こうもん》さまなんですよね」

萌絵が得意げに雑学を披露すると、さくらとミゲルはきょとんとした。

「誰だべ。それ」

「えっ。知らないの？　水戸黄門だよ。越後《えちご》のちりめん問屋って体で助《すけ》さんと格《かく》さんっていう家来つれて諸国漫遊して、悪代官をとっちめたあと、助さんが『ここにおわす御方をどなたと心得る、さきの副将軍・水戸光圀《みつくに》公にあらせられるぞ。頭《ず》が高い、ひかえおろう！』って印籠《いんろう》出すんだよ」

「しらなーい」

萌絵は熱演をスルーされて、世代間ギャップに打ちのめされた。

「印籠出すのは格さんだけどね」

忍がフォローしてくれた。

「まあ、時代劇の話はともかく、古墳発掘の父が水戸光圀であるのは本当だ。だが江戸時代の古墳ブームのせいで、盗掘も増えた。今では盗掘されてない古墳のほうが少ないくらいだ」

「あの千両箱の中身も、江戸時代のお宝ハンターが盗掘しだの？　でもそれなんで埋めだの？」

「そりゃお宝隠すためたい」

「埋めたまま、忘れちゃったのかな。リスみだいに」

この近所にあった古墳かもしれない。

調べれば、出所も摑《つか》めるかもしれない。

「念のため、地権者さんにも聞いてみますね。……ところで西原《さいばら》くんは？　相良《さがら》さんと一緒だったんじゃないんですか」

萌絵はなかなか無量がやってこないことを気にしていた。

「ああ、疲れたから今日は先に部屋に戻るって。きっと榛名湖でスワンボート漕《こ》ぎすぎたんだよ」

とその場はごまかしたが、忍にはいまの無量の心境が手に取るようにわかる。

おそらく千両箱の中身にショックを受けている。

帰りの車では、ますます寡黙になってしまっていた無量だ。無理もない。

新羅の金冠や七鈴鏡などという稀少《きしよう》な遺物が埋まっていながら、無量の右手は何も反応しなかったのだ。今までの無量からすれば、ちょっと考えられなかったことだろう。

不安は的中したようだ。

〈鬼の手〉が沈黙している。

右手の不調は決定的になってしまった。

事実を突きつけられた無量は動揺している。それは彼にとって体の感覚をひとつ失うにも等しいものだからだ。

地下の遺物を感知すると、〈鬼の手〉はもう黙っていられなくなる。ここを掘れ！　ここを掘らせろ！　と体の底から突き上げるような衝動に駆られるので、これを抑えるのに無量はいつも苦労していたほどなのだ。

それが、ぴたり、となくなった。

右手の謎めいた探知能力を本人は嫌悪していたようだから、遺物に反応しなくなったとしても、無量自身はむしろホッとするのでは、と忍は見ていたのだが、現実は逆だった。かわいそうなほど狼狽《ろうばい》している。

現場に入れば、右手が騒ぐことに慣れてもいただろうし、その兆しが正しいことは何度も確かめられてきた。その特殊能力が「本物だった」証拠でもある。

それを知った人々は何かの超能力のように言うが、忍はそうは見ない。単純に無量自身の「才能」だ。ひとには難しいことが「容易《たやす》くできる」としたら、それは「才能」なのだ。わかりやすく具現していたのが「右手の古傷」だったにすぎないと。

だが無量の打ち明けた話も気になる。

本当に「空海」に〈鬼の手〉を持っていかれてしまったのだろうか。

いや、と忍は懸念を打ち消した。

そもそもあの鏡も埴輪も冠も、一度、土から出されたものではないか。

無量も以前話していた。発掘とは「かくれんぼ」のようなものだと。

はじめは鬼に見つかりたくない。だが夕闇迫る公園で、自分だけ見つけてもらえない子供は不安になる。皆が帰ってしまい、取り残され、忘れ去られてしまった悲しみで。

――私はここにいる。誰か見つけてくれ。

そう叫ぶ声が無量には聞こえる気がするのだと。

だとしたら、あれらは過去に一度見つけてもらえた「物」たちだ。見つけてもらえた遺物は、もう誰も呼ばない。呼ぶ必要がないからだ。そこにあることを知ってもらえているからだ。

——どうかな。

帰りの車中での無量とのやりとりが甦《よみがえ》った。

——あいつらは一度見つけてもらえたのに、また土の中に戻されてしまった。

——だったら、なおさら切実に呼ぶんじゃないの？　見つけてくれって。ここにいるって。助けを求めるみたいに。

でも聞こえなかった。右手は聴き取れなかった。

だから、無量はショックを受けているのだ。

だが、待てよ？　と忍は箸《はし》を止めた。

忍の立場から見れば、これは決して「まずい事態」ではない。

むしろ好都合だ。

ＧＲＭが欲しがっているのは、あくまであの「右手」だからだ。

狙った出土遺物を必ず出せる〈鬼の手〉の「特殊能力」に関心を寄せているのだ。

彼らは無量の知識やスキルが欲しいわけではない。つまり〈鬼の手〉をなくしてしまった無量は、ＧＲＭには価値がない。遺物探知能力を失った、と証明できれば、ＪＫ

たちもこの件を白紙に戻すにちがいないからだ。

　こうした状況は想定していなかった。そうだ、無量が「ただの発掘屋」になってしまえば問題はあっさり解決するのだ。

〈鬼の手〉が死んだとさえ証明できれば、無量は監視対象から外れる。晴れて自由の身だ。

　探知不能になったと今すぐJKに報告するか。だが忍の行動に一度不信感を持ったGRMが鵜呑《うの》みにするとも思えない。JKももはや忍を信用していない。無量の監視役から外されることにあからさまにごねてしまったのは、今となっては失策だった。

　このことを知ったらどう動くだろう、あの男は。

　降旗拓実《ふるはたたくみ》。

　あの、GRMの後任エージェントは。


「わ！　地震！」

　また足元から突き上げるように揺れ始めた。がしゃがしゃと酒瓶がぶつかる音がして、厨房《ちゅうぼう》のほうから皿が割れる音もした。他の客からも悲鳴があがった。前兆なく大きく揺れる。萌絵たちは身を低くしてテーブルにしがみつき、揺れが収まるのを待った。

「まただあ。これで二度目」

「さっきの地震、震源地が群馬だったんですよ」

忍はどきっとした。

「群馬のどこ」

「榛東《しんとう》村って言ってましたから、渋川のすぐ隣です。ほぼ直下ですよね。こわ」

幸い震度2だったので大きな被害はなかったようだが、揺れ方が心臓に悪い。

「発掘しよるときに来んで欲しかあ……」

噴火遺構を掘っているだけに天災には敏感になってしまう。

忍も、頭上の吊《つ》り電球がまだ振り子のように揺れているのを見上げ、

「榛名山の麓《ふもと》か。巨大地震が起きた後は火山が噴火しやすくなるというしな……」

「そうなんですか？」

「東日本大震災と震源域を同じくする平安《へいあん》時代の貞観地震。あれが起きた頃は大地震や噴火が頻発してて、富士山が噴火したり、阿蘇山が噴火したりした」

そのメカニズムは科学的にも解明されている。大きな揺れが離れた火山のマグマ上昇を誘発するというものだ。

「最近は他の火山も噴火活動が活発になってるし心配だな……」

そこからはまた和やかな晩餐《ばんさん》となったが、四人とも落ち着かない。

あの遺跡を掘っていることに榛名山が怒っているというのではあるまいが。

無量のこともあり、忍は心配の種が尽きない。

＊

翌日、萌絵はさくらをつれて発掘現場の土地にかつて住んでいた屋号「左文字《さもんじ》」の先祖を調べるため、八重樫家の菩提寺《ぼだいじ》を訪れることにした。

過去帳を見させてもらうためだ。

「あれ？　ミゲルくんは？」

「ミゲルは棟方組の新田さんとドライブさ行ってます」

萌絵は「おやまあ」と目を丸くした。あれだけ萌絵に「一途《いちず》」をアピールしていたくせにずいぶんあっさり乗り換えたものだ。

「別に全然いいんだけど、……なんかモヤるわー」

かっこいい女性に弱いミゲルが、いかにも惚《ほ》れそう、……ではある。

「あ。クルマさ乗せてもらうって言ってました。あの白いかっこいいやつ」

「えっ、そっち？」

菩提寺の名は「普門寺《ふもんじ》」といった。格式のある山門が歴史を感じさせる。

寺には八重樫の息子も来てくれて話を通してくれていた。過去帳の戒名には屋号も記されているので、家系を調べるには重宝する。その日は法要もなかったため本堂の奥の控えの間で作業をさせてもらうことにした。

ふたりで手分けして先祖の名をリストアップし、年表を作る。分家である屋号「左文字」の家は跡継ぎが絶えてしまったため、墓の管理も今は八重樫たち本家の人間が行っていた。

「……でも、お盆になると『左文字』の墓にいつもどなたかがお参りにきてくれるんですよね。お花と線香をたむけた跡があって」

八重樫の息子が言った。

会ったことはないが、それが誰なのか、ずっと気になっているという。

「そういえば、毎年お盆に『左文字』の先祖供養を、と言ってお香典を送ってこられる方がいますよ」

住職が教えてくれた。八重樫も初耳だった。

「それはどなたですか」

「さあ。お寺に来られることはないのですが、確か女性の名だったと……」

女性、と聞いて萌絵はひっかかるものを感じた。

念のため、住職に頼んで、その香典の送り主を調べてもらうことにした。

「ご住職は地元の歴史にも詳しいそうですが……群馬県では今、古墳の一斉調査をしてると聞きました。渋川も古墳は多いんですか？」

住職は「ええ」と誇らしげにうなずき、

「渋川は例の噴火で埋まった遺跡が有名だけど、古墳も多いんです。大きい古墳というと……中ノ峯《なかみね》古墳ですかねえ」

築造直後に榛名山の噴火で軽石に埋まってしまった古墳だ。未盗掘で発見されたという。石室からは人骨四体が見つかり、副葬品も見つかっていた。

ただ「未盗掘」となると候補外だ。あの千両箱の中身は「盗掘された古墳のもの」であるはずだからだ。

「なら虚空蔵塚《こくぞうづか》古墳ですかね。盗掘されて出土品はなかったんじゃないかな」

萌絵はさくらたちと顔を見合わせた。……その古墳なのだろうか。

「それは高崎にある前方後円墳みたいな、規模の大きなものでしょうか」

「いやいや。ちょっとした土盛りくらいだね」

千両箱の金冠とよく似た「新羅系の金冠」が出土したという金冠塚古墳は堂々たる前方後円墳だが、渋川周辺にはそこまでのクラスは見られないという。

「古墳と呼んでいいのかわからないが、小さなもんならぽつぽつあったようだぃね。……この地区でも古い塚にまつわる昔話なら聞いたことがありますよ」

「塚ですか」

「石原庚申塚《いしはらこうしんづか》と言う」

住職は言った。

「昔、川口《かわぐち》某という隣村の石工がいて、大きな石材を得ようとしてあちこちの塚を壊して石を掘っていたそうです。うちの村にある庚申塚にも目を付けて、壊したところ、中から鏡や埴輪《はにわ》が出てきたそうです。石工はうちに持ち帰ったんだが、数日後に重い病に倒れてしまったそうな」

そのことは地元の郡村誌にも残っている。

〝坑中より偶像の兜《かぶと》人形と唱える状《すがた》に肖《あやかり》て長さ五六尺ばかりなると鈴付きたる鏡、その他名称知らざる祭具数多《あまた》を得たり〟

薬を飲んでも治らず、卜占《ぼくせん》で原因をみてもらったところ、持ち帰った遺物の祟《たた》りだと出て〝疾《と》く寺院か神職家に納めれば平癒せん〟と言われたので慌てて神社に預けたところ、回復したという。

「まあ、塚を暴いて祟られたっていうこの手の話はこのへんじゃよく聞く話なんだが」

古墳が多い分、盗掘の話も増える。

当時の人々にとっても古墳暴きは「よろしくないこと」「後ろ暗いこと」だったのがよくわかるエピソードだ。

「ちなみにその神社はどこに？」

「巌穂《いかほ》神社といって、今は山のほうに建っているが、……昔はもっと下のほう。利根川に近いところの水田の真ん中に建ってたんだ。だが、それも浅間山の噴火で起きた泥流で流されてしまった」

萌絵たちは驚いた。

「浅間山のですか？　榛名山ではなく」

「浅間山です。江戸時代の、天明《てんめい》三年の大噴火で起きた泥流で、このあたりも大きな被害に遭ったんです」

長野県との県境、県西部にそびえる大きな火山だ。

噴火の多い山で、今も噴煙をあげている。

萌絵は学生の頃、軽井沢《かるいざわ》に遊びに行ったときに、浅間山の麓《ふもと》にある「鬼押出《おにおしだ》し」という溶岩でできた名勝を訪れたことがあった。

さくらもここへ来る途中の高速道路で「榛名山」と間違えた大きな山のことを思い出した。

「火山が噴火すると土石流が起こるんだって、ミゲルも言ってでだな」

ミゲルは遺跡よりも火山に詳しくて、博物館を訪れた時レクチャーしてくれたのを、さくらは覚えていた。

「噴火で山のてっぺんが崩れたりして大量の土砂が川に流れ込むと、川の水が一気に押し出されて土石流になる。噴火で起きた土石流は、海まで一気にいろんなもんさ押し流すから、怖いぞーって」

雲仙普賢岳の噴火でも大きな土石流が起きていた。それで流された家屋もある。土石流に埋まった家屋を「発掘」したこともあったという。萌絵も思い出し、

「たしか、島原では江戸時代に、眉山《まゆやま》が崩れて海に流れ込んで、熊本まで津波が押し寄せて、一万人以上亡くなったって話を聞いたことが」

火山災害で被害をもたらすのは、溶岩流や火砕流、噴石や火山灰の降下だけではない。実はこの土石流や泥流が広範囲に大きな被害をもたらすのだ。

「江戸時代の天明三年の大噴火はそれはもうひどいもので、上州一帯が噴煙で昼でも真っ暗になったといいます。それで飢饉《ききん》が起きたくらいで」

一番大きな被害を出した土石流は「天明泥流」と呼ばれている。

きっかけは浅間山の北側にある鎌原《かんばら》村で起きた土石なだれだった。

その発生メカニズムにはいくつかの説があるが、土石なだれは直撃した鎌原村を埋め尽くして、吾妻川へとなだれこんで泥流となった。火山から近いところにはまだ熱い大きな岩も一緒に流れてきて、煙をあげていたという。

泥流は流れ下る中で、流出物が溜《た》まって天然ダムを生み、それが決壊し……、を繰り返し、吾妻川から利根川へと流入して、川沿いの村に大きな洪水被害をもたらした。

ついには利根川河口まで達し、銚子《ちょうし》付近では河口が真っ黒になったという。

江戸では、江戸川に多数の人馬の遺体が流れてきたと記録にある。

「この渋川も、榛名山の北を流れる吾妻川から、ぐるーっと利根川にまで泥流が押し寄せて、泥が三、四メートルも積もったところもあるそうです」

榛名山のテフラより分厚い。

「ひどいですね……。じゃあ、遺物を預けた神社も」

「泥流にやられてしまったんでしょうなあ」

社殿は流され、当時の場所にいまはもう社殿はないという。

現在は小高いところに再建している。

石工が壊した石原庚申塚古墳の近くだった。

「ただ、そのとき流された石原庚申塚の鏡と埴輪が、どっかで見つかって、地元に戻ってきた、というんです」

「見つかったんですか。戻ってきたんですね。よかったですね。じゃあ、今は建て替えた神社に？」

「いえ。それがないんです。どこかに埋められた、というんですわ」

「埋めた……」

萌絵とさくらは顔を見合わせた。

神社に祀《まつ》ったのではなく、埋めたのか？

まさか、それがあの千両箱の中身？

「石原庚申塚古墳ですか……」

萌絵は考えを巡らせて、

「今も残っているんでしょうか？　よければ場所を教えてもらえますか」

＊

「なんだって？　発掘現場に行きたくない？」

時間は少し戻る。その日の朝のことだった。

ホテルの朝食会場で、無量がとうとうそんなことを言い出したものだから、慌てたのは忍だ。

昨日からメンタルが落ちているのは気づいていたが、想像以上にダメージを受けている。無量は夜もろくに眠れていないのか、すっかりやつれていて、朝食にもほとんど手をつけず、暗い顔をしている。

「――発掘すんの、怖い。自信ない」

すっかり弱気になってしまっている。

右手が「千両箱の遺物」にからきし反応しなかったことが、よほどショックだったのだろう。

朝はいつもしっかり食べる無量がヨーグルトひとつも完食できていない。

日課の朝ランにも行っていないという。

「プレッシャーを感じてるのか？　いつも通りに掘ればいいだけだよ。何も必ずすごい遺物を掘り当てなきゃならないわけじゃない。調査なんだから普通に掘って――」

「掘るのが怖い。自信がない。もう現場行きたくない」

石のように固まって、一度こうなるとテコでも動かない。

無量は思春期に、不登校になった過去もある。

――駄々をこねるなよ。仕事だろ。

との一言が喉《のど》まで出かかったが、無量にとってはメンタルを病むくらいの大問題なのだ。今日は休日だからいいが、一日二日で復活できるようにも見えなかった。

「……わかったよ。明日になってもきついようなら、棟方さんたちに相談してみよう。でも閉じこもってるのは精神的によくない。今日は俺につきあってくれないか」

あえて宿泊先から連れ出したのはよかった。

ふたりがやってきたのは県立図書館だ。忍は千両箱の遺物が出土したとみられる古墳を探すため、渋川市の古墳を調べることにしたのだ。

無量も渋々ながら手伝ってくれた。

「三百！　そんなにあんの？」

一瞬、途方にくれかけたが、すでに壊されたものも多いらしい。該当しそうな古墳を絞り込む作業に無量もいつしか没頭した。調べ物に右手は関係ない。

そんな中、萌絵からメールが来た。

八重樫家菩提寺《ぼだいじ》の住職からもたらされた情報により、石原庚申塚という古墳を調べて欲しいという。

「あった。これかな」

資料には、現状かろうじて石室が残っているが「未調査」とある。

「気になるな。ちょっと行ってみようか」

無量は遺跡に近づくのは気が進まないようだったが、忍が「発掘じゃないから」と説得し、現地に向かってみることにした。

榛名山麓《さんろく》の東側、傾斜地にある住宅地の先に広がる山林を少しあがったところにある。萌絵が伝えてきた「厳穂神社」はすぐに見つかった。石段上に鎮座する小さな神社だ。広さ四、五畳ほどの古びた可愛らしい社《やしろ》は、ひとも滅多にお詣《まい》りに来ないのか、鈴緒は色褪《いろあ》せ、汚れたワンカップに雨水が溜まっている。「厳穂神社」と刻まれた額も、すっかりくすんでいた。社殿の中は真っ暗で、格子越しに覗《のぞ》くと、簡素な祭壇には小さな曇り鏡の御神体がぽつんと置かれているだけだ。

「塚はこのあたりにあるらしいが」

社殿の裏を探ってみる。薄暗い杉林には細い道が続いていて、涸《か》れ沢にそって不自然なくらい大きな石がそこここに見受けられる。かつての噴火で落ちてきた噴石だろうか。剝《む》き出しの小さな崖には火山灰の分厚い地層がくっきりと見える。

無量はその奥にひときわ大きな隆起があることに気づいた。

斜面から石積みの遺構が顔を覗かせている。

「あれか？　石室」

斜面に暗くぽっかりと口を開けている。じめっとした横坑だ。石棺はないが、奥には祭壇のような石組みがあり、いまは石仏らしきものが安置されていた。

「円墳かな。横穴式石室の」

墳丘と山の斜面が一体になっていて境界が不明瞭《ふめいりよう》だが、直径五メートルくらいの「県下ではよくある」サイズの古墳か。格別、特別な感じはしない。

忍の隣で、無量はじっと周囲の地形を見つめている。

「なにかわかるか？」

「そこ……斜面がふたこぶになってる」

木が生い茂っているが確かに、ふたこぶラクダの背のような緩い傾斜になっているようだ。

「円墳がふたつってことか？」

いや、と無量は傾斜を凝視して、

「後ろが削られた前方後円墳かも」

「これが？　ずいぶん可愛いサイズだな」

群馬の前方後円墳というと、忍はつい巨大古墳を思い浮かべてしまうが、壮麗な王の墓のようなものばかりではない。十メートルほどのミニサイズもある。

無量は反対側にまわって地形を観察した。

「いや？　こっち側、削れてない……。前方後円じゃない。マジか。これ、双円墳じゃないか？」

あまり耳馴染《みみなじ》みのない名前だったので、忍は「なんだい、それ」と訊《たず》ねた。

「円墳がふたつくっついた瓢簞《ひょうたん》みたいな形の古墳。日本じゃ凄《すご》く珍しくて、河内《かわち》の金山《かなやま》古墳ぐらいしかないんだけど、……朝鮮半島南部には多い」

「朝鮮半島？」

無量はさらに周縁部を精査して、確信した。

「間違いない。双円墳だ。こんなところで見つかるなんて」

「新羅の影響を受けた古墳ってことか？　それだけでも大発見だぞ」

無量は石室のある側へと回り込むと屈《かが》み込み、スマホの灯りで石室の中を照らしてみた。石室はすでに盗掘されたため、外に開放されていて土も崩れている。石積みも部分的に壊されているので、古墳だと言われなければ、わからないくらいだ。

「……石が赤い……？」

石室の奥がわずかに赤い。赤い石ではなく塗料によるものだ。

「ベンガラか？」

彩色が施されている。ほとんど剝がれているが、見ようによっては幾何学模様にも見える。

「どうだ、無量？　ここは冠が出てきそうな古墳なのか？」

石室にしゃがみこんだまま、無量は壁に手を触れた。

ひんやりとしていてわずかに湿っている。ゴツゴツとした石の感触が伝わるだけだ。

溜息《ためいき》をつくと、拳《こぶし》を膝《ひざ》に置き、握りしめた。

「……どうだろう。双円墳は確かに珍しいけど、金冠が出る古墳にしては小さい。別の〝新羅の金冠〟が出た山王金冠塚が五十メートル級だったことを思うと」

「ここじゃない、か」

「石材は角閃石安山岩《かくせんせきあんざんがん》。榛名山のだろうな。ただ石の積み方が丁寧で緻密《ちみつ》だ。こういうのはやっぱ権力もってないと造れないいんじゃないかな」

ただ同じ地区内にある古墳、というだけで「千両箱の遺物がここから出た」と断言するのは難しい。

石室から出てきた無量は膝についた土を払った。

「そういや、あの千両箱。赤玉らしきものが入ってた。石室の彩色にあの赤玉を使ったなら……」

と言いかけた無量の耳が山林の奥のほうから、しゃらん、と金属片が鳴るような音を捉《とら》えた。はっと後ろを振り返った。……鈴？

「どうした、無量？」

「いま何か鈴のようなものが聞こえた……」

「鈴？　……えっ」

目の前に突然、黒い大きな影が飛び降りてきた。

影は勢いよく杖《つえ》のようなものを振りまわしてくる。忍は咄嗟《とっさ》に無量を突き飛ばし、かばうように背中から攻撃をくらった。

「忍！」

黒い影は無量めがけて激しく杖を振り回す。無量はどんどん後ろに追い詰められてしまう。木を盾にして思わず怒鳴った。

「なんだ、てめえ！」

黒い影はキャップをかぶり黒マスクで口を隠している。剣ではなく棒術に似ている。杖の先を左右から繰り出し、無量がよけるたびにビョッビョッと風切り音があがる。

とうとう、みぞおちに突きをくらって無量は尻餅《しりもち》をついた。苦悶《くもん》する無量を、さらに打ち据えようと影が杖を振りかぶった瞬間——。

銃声があがった。

振り返ると、墳丘の上にもうひとつ、別の人影がある。

猟銃のようなものを構えている。

「そいつに手を出すな、撃つぞ！」

黒い影はあからさまに怯《ひる》んで脱兎《だっと》のごとく逃げ出した。威嚇発砲に追い払われるようにして雑木林の向こうに姿を消してしまった。

「無量、大丈夫か！」

忍が駆け寄ると、無量はみぞおちを押さえて涙目になっている。

「ああ、なんとか。おまえこそ、怪我は」

「骨は砕けてなさそうだ。それより今のはいったい」

黒い影を追い払った者は猟銃を下ろして墳丘の上からこちらを見ている。無量と忍はその風体に驚いた。

「……天狗《てんぐ》……？」

なぜか赤い天狗の面を着けている。

赤いマウンテンパーカーを着てフードをかぶった天狗だ。鼻が枝のように伸びた赤い面は目だけがくりぬかれていて、その奥から生々しく目玉が覗いている。

「助けてくれたんすか。今のやつは一体」

「おまえたちか。あの千両箱を暴いたのは」

ふたりはすぐにまた警戒した。

女の声だった。

低く落ち着いた声の印象からすると、四、五十代。風体が異様な上に、暗い威圧感があって、まるでどこぞのハッカー集団のような不気味さだ。

無量は忍を背中にかばいながら、

「……なんなんすか、あんた。コスプレにしちゃ中途半端すね」

赤天狗は小さく笑って、猟銃を肩にかついだ。

「そこのおまえ、宝物発掘師《トレジャー・ディガー》と呼ばれてるそうだな」

無量は虚を衝《つ》かれた。こちらの素性を知っている？

「調べたのか。わざわざ」

「誰に頼まれてあの千両箱のことを調べてる。あの『兜《かぶと》人形』と『鈴付きの鏡』がここから出たこと、誰かに聞いたのか？」

無量と忍はぎょっとした。

「今のどういう意味すか。まさかあんた、あの千両箱の中身……っ」

言いかけた無量の口を忍が塞《ふさ》いだ。不用意な発言を制して、忍は冷静に、

『兜人形』というのは何のことですか」

「武人埴輪《はにわ》のことだ。あの箱に入っていた」

「ここから出た、と言いましたね。千両箱が埋められたのは少なくとも現場が畑になるよりずっと前の話であるはずです。なのになぜ、箱の中身を知っているんですか」

赤天狗は高く伸びた鼻に指を置き、

「私は『迦葉山《かしようざん》の赤天狗』だ。遥《はる》か昔よりこの土地に住まい、偉大なる東国の王より墓守を仰せつかってきた」

無量と忍は顔を見合わせた。東国の王……？　とはこのあたりの巨大古墳の主《あるじ》のことか。

「千両箱は今どこにある。もう中身を取り出したのか」

まだだ、と忍が答えた。

「X線で見ただけだ」

「どこまで見た」

「全て見た。……と言ったら、どうなる」

「死ぬ」

赤天狗は躊躇《ちゅうちょ》なく言い放った。

忍と無量は一瞬、黙ってしまったが、

「なんで僕たちが死ななきゃならないんです」

「おまえたちは何か勘違いをしているようだが、あれらは古墳の副葬品などではない。厳穂の噴火を鎮めるために作られた忌み具だ」

呪具《じゅぐ》のような意味らしい。

霊威のこもった器物を指す。

「イカホの噴火……？　それは六世紀の榛名山の噴火のことですか」

「その忌み具には捧《ささ》げられた神官の魂が宿る。その霊威であまたの災害を封じ込め、時に先祖の田畑を守り、牧場を守り、心悪しき者へと制裁を下してきた」

赤天狗が口にする言葉の威力に、忍も無量も思わず押し黙った。

「忌み具は、滅多なことで触れてはならない。祟《たた》られて死ぬ。かつてこの石室に納められていたそれらを暴いた石工は、病で死にかけた」

住職から聞いた、と萌絵がメールで伝えてきたあの話だ。

忍が暗い目つきになった。

「……僕たちに何を要求するつもりです。中身のものには触れるなと言うが、そのまま置いておけ、と言いたいのですか。それとも千両箱の中身を返せとでも？」

「開けずに埋め戻せ」

軍人のように高圧的な口調だった。

「調査ならもう十分だろう。これからの遺跡調査は、先端技術で遺構や遺物を破壊することなしに明らかにするのだと聞く。ならば、非破壊検査のみで十分記録はとれるはずだ。あの箱を開けてはならない」

「触れたら死ぬ、の根拠はなんですか。細菌やウィルスならともかく、呪いのような非科学的な理由では、調査をやめるのは難しいと思います」

「開ければ、榛名山が噴火するぞ」

無量と忍は息を呑《の》んだ。

赤天狗の厳粛な口調はまるで予言者のようだった。

「さきの噴火より千五百年間溜《た》め込んだマグマの力は、その忌み具が押さえ込んできた。忌み具の力を甘く見るな。天明三年の浅間山の噴火も、忌み具を暴いたせいで起こった」

「なんだと！」

「榛名山が噴火してもいいのか？」

忍も答えに窮してしまう。だが無量は強く反発した。

「そんなこと信じられるわけあるか。だったら、そうなる証拠をみせろ！」

赤天狗が投げてよこしたのは竹筒だ。足元に転がった竹筒を忍が拾い上げた。巻いた紙が数枚重ねて入っている。

「この庚申塚が暴かれたのは、今から二百年以上も前の天明三年。浅間山が焼け、吾妻川と利根川に泥流が下って氾濫《はんらん》し、多くの人馬が流され、多くの田畑が埋まった」

「そんなのただの偶然でしょ」

「この庚申塚はただの古墳なんかじゃない。祭祀場《さいし》だ。アズマテラスの」

アズマテラス……？　とふたりは訊《き》き返した。

アマテラスの聞き間違いかと思ったが、赤天狗ははっきり「アズマ」と発音した。

「この榛名山麓《さんろく》は上毛野国の祭祀場。火山を鎮める集団が棲《す》んでいた。我々、天狗はそのしもべ。厳穂の神を祀《まつ》り、鎮める者。おまえたちが掘り当てた千両箱に入っていたのは、古《いにしえ》の鎮山忌具」

パーカーを着た天狗面の女は、見た目は明らかに現代人なのだが、不気味な物言いのためか、だんだん太古の人間が憑依《ひょうい》しているように見えてきた。

「あの箱を開けるな。さもなければ、今度はおまえたちが榛名山を噴火させることになるぞ」

「ばか言って……っ」

「そこのおまえ。おまえの右手は〈鬼の手《オーガ・ハンド》〉ともてはやされているそうだな。地下の遺物が嗅《か》ぎ分けられるなら、開けていいものと悪いものの区別くらいわかるはずだ」

絶句する無量に、赤天狗は言い放った。

「いいか〈鬼の手〉。あの箱は土に埋め戻すまで、そのままの形で厳重に保管しろ。間違っても、開けようとしたり、よそに移そうなどと考えるな。よいな」

言うだけ言うと、赤天狗《あかてんぐ》は墳丘の向こうへと姿を消した。

固まっていたふたりは金縛りが解けたように我に返り、すぐに後を追ったが、墳丘の頂から見下ろしても、もう影も形もない。

本物の天狗だったとでもいうように。

「あの箱を開けたら、榛名山が噴火する？　そんなばかな」

忍は残された竹筒を見つめ、無量は右手を見つめて、立ち尽くしている。

＊

にわかには信じられなかったが、まったく無視する気にもなれなかった。

赤天狗はまだどこにも発表していない「千両箱の中身」を知っていた。

武人埴輪と七鈴鏡のこともわかっていたかのように。

「迦葉山《かしょうざん》の天狗、か……」

無量たちは厳穂神社に戻ってきた。

社殿の階段に腰掛ける無量に、忍がスマホを見せた。

「……天狗面の正体はこれだ。沼田《ぬまた》にある迦葉山弥勒寺《みろくじ》のやつだな」

日本三大天狗で知られる天狗の寺だ。日本一大きな天狗面が飾られている。

その迦葉山では独特な参拝の習わしがある。「お借り面」と呼ばれる祈禱《きとう》済みの天狗面を借りて家に持ち帰り、祈願する。次の参拝のときに門前の店で天狗面（お返し面）を購入して、「お借り面」とともに奉納する。そしてまた別の「お借り面」を借りて帰るというのを繰り返すものだ。

「さっきの女がかけていたのは『お借り面』だ。正体がわかれば、なんてことはない。天狗に化けて俺たちをたぶらかそうとしたんだろう」

「どうかな」

無量はあからさまに否定しなかった。

「天狗の話はともかく、この塚が実は古墳じゃなくて祭祀場だっていうのは、なんとなく説得力を感じた」

「あんな怪しい話、信じるのか？」

「それにやけに発掘に詳しかった。俺のことも知ってたし、……同業者かも」

「つまり、武人埴輪《はにわ》と七鈴鏡のことを知ってたのは、昨日のＣＴの結果を関係者の誰かから伝え聞いていたせいだと？」

その可能性はある。直接の関係者ではなくとも、そこそこ騒ぎになっていたから、無量たちが今回の発掘に関わっていることを知ることはできそうだ。

「ただ気になったのは、あの天狗、武人埴輪と七鈴鏡のことは言ってたけど、金冠の話が一度も出てこなかった」

関係者から聞いたのならば、一番重要な金冠が話に出てこないのはおかしい。

「噴火の話はどうなんだ。俺には、脅すためのでまかせに聞こえたが」

「それはなんとも……。ただ、火山を鎮めたりする〝噴火を司《つかさど》る集団〟がいたっていうのは、何か根拠がありそうだ。全くでたらめを言っているようでもなさそうだし」

千両箱の遺物が、日本では稀少《きしょう》なこの双円墳で見つかった、と主張するあたりにも、何か特殊な事情を感じる。

「……それにしても、あの赤天狗の声」

忍はずっと引っかかっていた。

「どこかで聞いた覚えがある。どこでだろう……」

畑の向こうの農道から小さな車があがってきた。厳穂神社の石段の下で停まり、降りてきたのは萌絵とさくらだった。

手を振ると、向こうからも見えたのか、石段を駆け上がってきた。

「やっぱり来てたんだね。庚申塚、もう調べた？」

「それが、とんでもないもんに出くわしたわ」

赤天狗と遭遇した話を聞いた萌絵とさくらは、キツネにつままれたような顔をしている。

「さすが無量さん！　鬼さ呼んだり天狗さ呼んだり、やっぱりただもんじゃねえべ！」

「呼んだおぼえはないっつの」

「それより、殴りかかってきた奴って……」

萌絵は顔色が変わってしまっている。

天狗の予言のインパクトが強くてすっかり忘れかけていたが、ふたりを襲った暴漢のほうが問題だった。

「正体はわからないが、赤天狗はなんだか知ってたような様子だったな」

赤天狗が猟銃で追い払ってくれたが、あの暴漢の目的は聞き出せなかった。

なぜ襲ってきたのかもわからず、不穏だ。

萌絵は急に不安になってきた。

「やっぱり千両箱の中身は、ここで石工が見つけたハニワなのかな」

さくらは厳穂神社の額を見上げて言った。

「天明三年の泥流で神社ごと流されちゃって行方不明になってだんだべした？　でも無事にどっかで見つかって、地元に戻されたって住職さんが言ってでだよ。せっかくこだなめんごい神社さ建てでだんなら、ここさ納めるはずなのに、なして埋めだりしだのかな」

「まあ、ここセキュリティーは甘そうだしな」

そういえば、赤天狗は「この塚を暴いた」結果「浅間山で噴火が起き」「田畑が泥流で流された」とは言っていたが、「神社に預けた遺物が流された」ことには何も触れなかった。

「これに答えがあるのかな」

忍は赤天狗から受け取った竹筒を開けてみた。

古い刷り物が数枚入っている。

無量たちが覗《のぞ》き込んだ。

「瓦版《かわらばん》……？」

江戸時代の瓦版のレプリカのようだ。

そこには絵付きで天明の「浅間焼け」（噴火）の顚末《てんまつ》が書いてある。

絵図のようになっていて被害状況が記されている。浅間山近くで火山灰で道が埋まって、大名行列が足留めされたこと。江戸でも障子や建具が揺れたとある。噴火による空振のことだろうか。

くずし文字で簡単には読めなかったので、忍が要約して読み上げた。

「天明泥流の話が載ってる」

「例の、神社を押し流した？」

「浅間山の噴火のあと、江戸川にまで濁流が流れ込んできたって。〝溺死《できし》之老若男女、熊野神社付近の杭《くい》だしに引きかかりしを見たり〟とある。……それと、これは！」

三枚目の瓦版に、武人埴輪と鈴鏡の絵が描かれてある。

「〝これなるは柴又《しばまた》村に流れ着きし箱より出でたる『偶像の兜《かぶと》人形』と『鈴付きの鏡』〟……これってまさか！」

無量たちはお互いを見て、絶句した。

千両箱に入っていた武人埴輪と鈴鏡ではないか。

「……江戸で見つかってたんだ」

「やっぱり、流されたんだべ」

まさか江戸にまで流れ着いていたとは。天明泥流の凄《すさ》まじさが窺《うかが》える。

「〝柴又村の題経寺《だいきょうじ》に奉納せり〟とあるな。じゃあ、やっぱりあの千両箱の中身は、江戸で見つけて回収したもの？」

無量が「異議あり」を唱えた。

「この絵……鏡の周りに鈴が九つある」

え？　と三人は目を丸くし、絵に描かれた鈴の数を数えた。

「ほんとだ。七鈴鏡じゃない。九鈴鏡になってる！」

「それにこっちの武人埴輪。この腕の部分、ＣＴで見たのとポーズがちがう」

千両箱の埴輪は「気をつけ」の姿勢だったが、こちらは刀に手をかけている。兜《かぶと》の頭頂部も尖《とが》っていて、頬当ての形状が違う。

どういうことだ？

「瓦版屋さんが想像で描いたんじゃねえべかな？」

「にしては表現が細かい。実物を見て描いたようにみえる」

箱には由来書きの木札も入っていた、とある。

〝これなるは天明三年正月、渋川郷石原《いしはら》の庚申塚《こうしんづか》より出《い》でたる金器なり。天明三年四月中村厳穂神社に奉納せり〟

と木札に記してあった、と。

間違いない。この石原庚申塚古墳から出土したものだ。

「つまり、どういうことだ」

「わからない。この文を信じるとなると、江戸で見つかったのは庚申塚の出土品なのは間違いない。でも千両箱の中身とはちがう」

「埋められてたほうは、庚申塚とは全然関係ない出土品なのか？　たまたま似てただけ？　なにか混線してるな」

ますます謎が深まった。

無量は前髪をかきあげておでこをさらし、深く溜息《ためいき》をついた。

「……どっちにしても、このことは棟方さんに伝えた方がいいな。しかし千両箱を開けたら噴火するって、脅すにしてももっと言い方が」

「昨日の地震」

さくらの一言で、三人はドキッとした。

「……震源が直下だったべ」

誰も一笑に付せなかった。

「火山性地震だっていうのか？　まさか榛名山が活動しはじめていると？」

――巨大地震のあとは火山噴火が起きやすくなる。

四人揃って顔を見合わせて、沈黙した。

いくらなんでもそれはない。たまたまだ。

そう思いたかったが……。

――天明三年の浅間山の噴火も、忌み具を暴いたせいで起こった。

「鎮山忌具……。まさか」

無量は思わずおそるおそる榛名山の方角を見やった。いまは噴煙もあげず、静かな山だ。六世紀の噴火でできた二ッ岳の頂が手前の山の稜線《りょうせん》から、ちょっとだけ顔を覗かせている。

灰色の雲が低く垂れ込めている。

右手は押し黙っている。まるで身をすくめているかのように。

*

新田清香《さやか》が運転する白いスポーツタイプのクルマは、長い坂をあがってきたところでウィンカーを出した。

給水塔前の広いスペースに停まったクルマから男女が出てきた。前の座席を倒すと、まるで穴蔵から出てくるクマのように後部座席から体の大きな若者がおりてくる。

ミゲルだ。

「ここがあの榛名山ダウンヒルのスタート地点ですか！　めっちゃ気分アガるぅ」

「大丈夫だった？　千波《せんば》くん。あんな狭い席で」

新田のクルマは2ドアで、後部座席が狭い。リアガラスが大きくて後ろからのしかかってくるので、大柄なミゲルは完全に頭がつかえていたが、それでも笑顔だった。

「アルベルトがついてくるから千波くんが後ろに乗るはめになったんだよ」

「だってサヤカとふたりでドライブなんて、行かせられないよ！」

結局、ドライブは新田とミゲルとアルベルトの三人で行くことになった。

「榛名の四連ヘアピン、感動したとです。俺の地元の雲仙もそこそこヘアピンはあるけど、やっぱ聖地はちがうわ。帰りのダウンヒルが楽しみです」

「期待しないで。私はママみたいな運転はしないよ」

錆《さ》び付いた給水塔の下のスペースには、他にもクルマが駐《と》まっている。往年の走り屋にとっては一種の聖地なのだという。

「あれが二ツ岳だよ。六世紀に噴火した」

ここからは正面に見える。

くっきりとしたふたこぶの山だ。

「電波塔があるのが雄岳《おだけ》、隣が雌岳《めだけ》。見えないけど実はピークが三つある。元々はあの上にもっと大きな溶岩ドームがあったらしい」

「そいが崩れてあの谷沿いに流れたっとやろな」

「おお、その通り。それがＦＡ噴火の〝甲《よろい》を着た古墳人〟たちを埋めた大火砕流になった。だが火山のおかげで温泉がある。伊香保温泉は最高。帰りに寄ろうか、サヤカ」

新田は、やけに真顔で二ッ岳を睨《にら》んでいる。今は樹木が豊かに生い茂って、とうに火山の荒々しさは見る影もない。

重い鉛色の雲が垂れ込めている。

榛名富士のあたりではもう降り出しているのか、道の向こうは霧で覆われたようになっていた。

「一降りきそう。どうしよう。どしゃぶりになったら」

「足回りになにか不安でも？」

「私、実は雨が苦手なの。どしゃぶりになると、手が震えてハンドルが握れなくなるから」

ミゲルは驚いた。そこまでくると度が過ぎる。大雨で事故を起こした経験でもあるのか。すると、アルベルトがすかさずしゃしゃり出てきて、

「日本の豪雨はボクも怖いよ。帰りはボクが運転するよ、サヤカ」

「アルベルトはＡＴ車《オートマ》しか運転したことないでしょ」

「あ、俺、マニュアルも転がせますよ」

「ボクもイタリアでは古いフェラーリに乗ってたよ」

金髪同士で張り合う姿を呆《あき》れたように見ていた新田が、ふと真顔になった。

「……ねえ、千波くん。相良さんと永倉さんは、なにを調べてるの？」

突然、質問を振られたミゲルはきょとんとした。

「なにをって……地権者のかわりにマスコミ対応ばすっけん、そんために」

「ほんとうに？　なにか別のことを調べにきたんじゃないの？」

ミゲルは不審そうな顔をした。

「別のことって？」

「たとえば——」

バイブ音が会話を遮った。

新田のスマホに電話がかかってきた。同僚の越智亘《おちわたる》からだった。

「いまなんて言ったの」

電話をとった新田の声がにわかに緊迫した。

「亨《とおる》さんが赤城山で事故った？」

ミゲルとアルベルトもぎょっとした。——事故！

二時間ほど前の出来事だったという。

越智兄弟がドライブに行った先の赤城山で事故を起こした。怪我をしたのは弟の越智亨のほうで、下りカーブをまがりきれず、ガードレールにぶつかったという。

「容態はどうなの？　意識はあるの？」

幸い命に別状はなかったが車が大破し、入院が必要でしばらく現場に入ることは難しいという。代わりの重機オペレーターを探さなければならず、作業に支障が出そうだとのことだ。

「でもあの亨さんが事故を起こすなんて、何かクルマにトラブルでも？」

ミゲルたちは聞き耳を立てている。新田の顔色が急に変わった。

「黒いGT－Rに追いかけられた？」

タチの悪い車がしつこく車間を詰めてきたという。狭い道で逃げ場もなく、あまりのしつこさに頭に血が上った亨はつい受けて立ってしまったのだ。だが相手はやたらと腕のあるドライバーで、コーナーの立ち上がりをふさがれてスピンしてしまい、ガードレールに激突してしまったらしい。

「黒いGT－Rって棟方さんが乗ってるやつっすか」

「ちがう」

新田は見るからに青ざめている。

スマホを持つ手が震えている。

「……どうしよう。あいつだ。きっと」

「あいつ？」

「あいつが動き出した。ママに報《しら》せないと」

事情を訊《たず》ねても説明しようとはしない。

「ごめん。私、先に帰る。ふたりはゆっくりしてってって！」

取り乱した新田は愛車に飛び乗ると、ミゲルとアルベルトを置きざりにして走り出していってしまった。

山の上に取り残されたふたりは、茫然《ぼうぜん》と立ち尽くし、顔を見合わせた。

「どうします？　アルベルトさん」

「まいったなあ。でも、せっかくここまであがって来たんだから――」

アルベルトは二ツ岳を指さした。

「火山ウォークしよう！　ミゲルの地元は普賢岳の麓《ふもと》なんだよね。火山好きかい？」

「ええ……まあ……」

「地質学者としても見所がありそうだ。ボクがレクチャーするよ！」

「げえっ。ばってん、雨が」

すかさずリュックから雨合羽《あまガッパ》を取りだす。

アルベルトは地質学者である前に、火山オタクだった。

「さあ、榛名の溶岩めぐりに出発だ！」

＊

その報せは無量たちにとっても衝撃だった。

夕方、ホテルに戻った無量たちのもとにミゲルからグループＬＩＮＥが届いた。

そこには「越智弟が峠で事故に遭った」とある。

無量と忍は顔を見合わせ、真っ青になった。

「なあ……。黒いＧＴ－Ｒって、あのときのアオリ車のことじゃ……」

萌絵は初耳だ。思わず無量の肩を摑《つか》み、

「何があったの！」

昨日、忍と榛名湖に行った時に遭遇した危険運転のクルマ。同じ「黒いＧＴ－Ｒ」だった。

無量たちもあおられて越智兄弟もあおられた。忍の機転で無事やりすごしたが、越智兄弟は事故らされた。長年サーキットに通って腕を磨いていた彼らが、だ。

偶然とは思えない。まさか自分たちがあの発掘現場の担当者だと知っていて、わざと追いかけられたというのか。

さらに翌日――。

「えっ！　島田《しまだ》さんも追いかけられたんですか！」

発掘現場に出勤してきた棟方組の調査員も昨日、近所の峠で黒いＧＴ－Ｒに追いかけられたという。島田は怪我をするような事故こそ起こさなかったが、後ろからどつかれて愛車に傷をつけられていた。

「旧車じゃないよ。どちゃくそ最新のやつだよ。値段がケタひとつちがうほうの。あんなのに追いかけられたら俺の乗ってる古いランエボなんて太刀打ちできないよ」

他の社員まで被害を受けたと聞いて、無量たちは青くなった。

これはただごとではない。

そこへ棟方が出勤してきた。越智の事故のことは聞かされていたが、まさか無量や島田たちまでよく似たクルマに追いかけられていたとは思わなかったのだろう。

「どういうことだ。詳しく説明しろ！」

同じ「黒いGT－R」乗り（新車と旧車の違いこそあるが）である棟方は、話を聞いて激しく憤慨するかと思いきや、意外な反応をみせた。

「黒いGT－Rだと……？」

何年式だ？　と聞いてくる。

一番新しいものだというと、そのいかつい顔がこわばった。

「ナンバーは見たのか」

「そんな余裕は」

「ドラレコは？　撮ってないか」

忍たちの車にはドライブレコーダーがついている。見せてくれ、と強い調子で言われた。

「まさかと思うが、そいつは……」

「棟方さん！」

そこへプレハブ事務所から血相を変えて飛び出してきたのは、越智兄こと亘だ。

「大変です、棟方さん！」

「どうした。またGT－Rか！」

いえ、と首を振った越智兄は、声がうわずって取り乱している。

「埋文に運んだ千両箱が、トラックごと消えました……」

第四章　天明三年の奇跡

千両箱がトラックごと消えた。

それは県の埋蔵文化財センターでのことだった。

運送を担当した社員によると、搬入口にトラックをつけて、職員を呼ぶため、ほんの一、二分、運転席から離れた間の出来事だった。

戻ってみると、トラックがない。

慌てた社員と職員がすぐに捜したところ、隣の小児医療センターから続く長い坂道を、国道に向けて走っていく、よく似たトラックを目撃したという。慌てて職員と車で追ったが、そのまま行方をくらましてしまったのだ。すぐに警察に通報した。

棟方《むなかた》と越智《おち》は埋文へとすっとんでいった。

残されたのはアルベルトとカメケン組、それに社員の島田《しまだ》だ。

「うそだろ」

島田も頭を抱えている。

ただのトラック窃盗ではない。

「埋蔵金狙いの犯行、ってやつか」

ずいぶん騒がれてしまったせいで、不心得者が犯行に及んだとしか思えない。

「はじめっからトラック狙いよったとか」

「それか埋文に運びこまれると知ってて待ち伏せてたか。どっちにしろ計画的だな」

千両箱の中身は「埋蔵金」などではない。

埴輪《はにわ》と鏡と金冠……らしきものだ。貴重な遺物には違いないが、現代人にとってその価値はどの程度のものか。

「小判じゃなくてガッカリするだけじゃないの？」

無量《むりょう》が言うと、忍《しのぶ》は「かもね」と答え、

「だが古墳時代の遺物だ。古物商にでも売ればそこそこいい値段がつく」

「どう見たって埋蔵文化財だろ。絶対どっかで足が付くって」

「それがコルドみたいな連中だったら？」

無量はぎくりとした。

「まさか、コルドの仕業だっていうんじゃ……」

国際窃盗団、闇の古物商。非合法で手に入れた文化財を闇のルートに乗せて売りさばく集団だ。盗品だろうが曰《いわ》く付きだろうが、関係ない。目的のためには荒っぽい手も使う連中だ。

無量たちは何度かコルドと対決している。ついこの間も瀬戸内海の本島《ほんじま》でコルドの幹部に持っていかれかけた百済の金銅仏を守ったばかりだ。

「さあ、仕事の時間だ！　目の前の仕事をしよう！　みんな持ち場について」

アルベルトが手を叩《たた》いて、無量たちを我に返らせた。

ようやく作業が始まった現場を、忍と萌絵《もえ》が見守っている。

「どう思います？　相良《さがら》さん。犯人の目当て、本当に埋蔵金だと思いますか」

「……僕も、たぶん永倉《ながくら》さんと同じことを考えているよ」

ふたりの頭には、昨日の出来事がある。

「千両箱を盗んだのは『迦葉山《かしょうざん》の天狗《てんぐ》』でしょうか」

「絶対に箱を開けるな、と言っていた」

――開ければ、榛名山が噴火するぞ。

埋文の調査で開けられるのを阻止するために持ち去った、とも考えられる。

ただ、忍にはひとつ気になることがある。

「僕と無量を襲った黒ずくめのことだ」

「赤天狗が猟銃で追い払ったって奴のことですか」

「黒ずくめと赤天狗の関係がわからない。それに」

黒いGT－Rのドライバー。

庚申塚で忍たちを襲った黒ずくめとは別人だろう。越智兄弟が赤城山でGT－Rと遭遇したのと時間帯がほぼいっしょだったからだ。だが目的まで違うとは言いきれない。

「永倉さん……。僕は今から東京に戻ろうと思う」

「これからですか」

「引っかかってることがある。千両箱の中身と、天明泥流で流された庚申塚古墳の忌み具は、同じ物なのか別物なのか、知りたい。竹筒に入ってた瓦版《かわらばん》のことを調べてくる。永倉さんはどうする？」

　萌絵は思い詰めた顔をしている。

「私は残ります。西原《さいばら》くんを守らないと」

　自分がいない間に無量が二度も危険な目に遭っていたと知った時、萌絵は頭から冷や水をかけられた気がした。

　近頃は己の武術を究めることにばかり頭が向いていた萌絵だったが、無量が襲われたその瞬間その場にいなかったというだけで、自分でも驚くくらい、ぞっとしてしまったのだ。初心に立ち返った。自分が何のために強くなろうとしていたのか。嫌でも思い知ったのだ。

　忍はそんな萌絵を見つめ、

「……永倉さん。無量の右手のことは、聞いた？」

「え？　右手？」

　無量はまだ萌絵には伝えていない。

　その反応から忍は察した。

「なんです？　西原くんの右手がどうしたんです？」

「……やっぱり永倉さんがついてたほうがいいかもしれない。赤天狗は無量の右手が〈鬼の手〉と呼ばれてることまで知っていた」

「本当ですか！」

「知ってて無量を助けた。赤天狗と黒いGT－Rは、何か別の意図のもとに動いているようだ。それが何か。見つける鍵《かぎ》はあの瓦版にある気がする」

忍が萌絵に渡したのはSDカードだ。

「ドライブレコーダーの録画が入ってる。あとは永倉さんに任せる。俺が戻ってくるまで、君が司令塔になって無量たちを守るんだよ。いいね」

そう言い残して、忍は発掘現場を離れた。

「私が司令塔……」

手にはSDカードがある。

まずは危険運転のドライバーを見つけ出してやる……！　萌絵はすぐにノートパソコンで解析作業に入った。

発掘調査のほうは重機で噴出物《テフラ》を取り除く作業が進んでいる。FP層の軽石に埋まっていた遺構面に達したところからは、人力での作業だ。

無量たちはターゲット層を掘り始めていた。

「いたたた……」

ミゲルは筋肉痛で苦しんでいる。昨日アルベルトと溶岩めぐりをしたせいだ。

「しゃがむのもつらかあ。……ん？　おーい西原。どげんしたと？」

やけに手つきが荒い無量を見かねて、ミゲルが声をかけてきた。

「なにイライラしとっと。こないだから、なんかおかしか」

ミゲルにもわかるのだろう。無量の焦りが。

焦れば焦るほど、目隠しをされているようだ。耳を塞《ふさ》がれて土の下から聞こえてくるはずの声も聞きとれなくなっていくような、そんな感じがする。

「〈鬼の手〉の調子はどうだい？　ムリョー。そろそろ何か出てくるかな？」

追い打ちをかけるようにアルベルトがやってきた。

無量の心は荒《すさ》んでいる。反応も投げやりだった。

「……俺に期待すんの、やめてもらっていいっすか。もう、むりっす。千両箱が出た時も何もわかんなかったんすから」

「え？　どういうこと？」

「むりっす。俺よりさくらのほうが嗅覚利《きゆうかく》くから、期待すんなら、さくらに聞いてください よ」

アルベルトがそばにいたミゲルに「どうしたの？」と目で訊《き》くと、ミゲルは肩をすくめた。

「まさか……〈鬼の手〉が普通の手になってしまったのかい？」

無量が物凄《ものすご》い勢いで睨《にら》みつけてきた。

アルベルトが思わず身を反らせた、そのときだ。

萌絵がプレハブ小屋のほうからノートパソコンを小脇に抱えて駆け寄ってきた。

「西原くん、アオリ車の画像、解析できたよ！」

ドライブレコーダーにはドライバーの姿がはっきり映っている。

年齢は四十代くらいか。黒いジャケットを着た面長の男はツイストパーマをかけて、サングラスをかけている。画像に反応したのはミゲルだった。

「こいつ……こないだ前橋のコンビニで新田《にった》さんに絡んどった男と似とる」

「なんだって」

「ほら。さくらと焼きまんじゅうば買いにいった時」

男と言い争って連れて行かれそうになっていたところをミゲルたちが助けたのだ。その男と顔かたちや髪型がそっくりだった。

さくらにも見せて確認した。

「間違いねえ、こいつだべ。ラーメンみだいな変な髪型の」

そういえば、とアルベルトが昨日のことを思い出し、

「サヤカが越智さんと電話してた時、〝黒いGT－R〟って聞いて『あいつだ』みたいなこと口走ってた。心当たりがあったんだよ」

「でもコンビニでこいつが乗ってだ車はハイヤーみだいなやつだったべ？」

「いや、さくら。新田さんはあの時確か、こいつのこと〝走り屋崩れ〟って言っとった。スーツ着てたし、そうは見えんかったけん変やなって思ったとやろ。新田さんがああ言ったとは、そいつがGT－Rに乗っとんの知っとったからやなか？」

萌絵と無量も「まさか」と声を揃えた。

「こいつは新田さんの知り合いだって言うのか？」

ふたりがコンビニでもめていたのは千両箱が出た翌日だ。顔見知りだったのか？

──あいつが動き出した。ママに報《しら》せないと。

「まちがいない。サヤカは何か知ってる……」

「CTスキャンで千両箱の中身を見た後も、新田さん、なんか様子が変だった。いまどこにいますか」

社員の島田に訊くと、

「そういえば朝から見てないな。埋文のほうに行ってるんじゃないかな」

「棟方さんも変だった。GT－Rのドライバーに心当たりがあるようだった」

棟方と新田の母親は旧知の仲でもある。

彼らは何か知っている？

「何を？」

──君が司令塔になって無量たちを守るんだよ。

忍の言葉が、萌絵の背中を押した。

次々と出てきた答えの出ないカードを、いま整理できるのは自分だけだ。それに危険が及ぶ恐れがあるのは、もはや無量だけではない。さくらとミゲルの身の安全も考えなければならない。

発掘員の業務遂行を守るのは自分の仕事だ。

萌絵は意を決した。

「わかりました。皆さんは作業を続けてください。この件、私が引き受けます」

＊

発掘された千両箱を載せたトラックが、何者かによって乗り去られたことは、あっという間にマスコミの知るところとなった。

〝徳川埋蔵金めあての犯行か？〟

SNSで「埋蔵金出土」と盛り上がったばかりなだけに、ネットニュースでも取り上げられて、騒ぎは輪をかけて大きくなってしまった。とうとう県の教育委員会が記者会見まで開いて、「中身は埋蔵金ではなかった」と釈明するほどだ。

——輸送中の警備態勢について教えてください。

――運送担当はひとりだったんですか？　あんな大事な遺物なのに？

――なぜ警備会社を使わなかったのですか。ずさんではありませんか。

厳しい質問を浴びせたのは、群馬新聞の桑野《くわの》記者だ。西原瑛一朗《えいいちろう》の捏造《ねつぞう》事件や如月記《きさらぎ》者の誤認報道を書き立てた敏腕記者が、この不手際を見逃すはずがない。

「桑野氏、やっぱり手厳しいな……」

その様子をネットの動画で見たのは、東京に戻った忍だった。

CT画像を公開するよう詰め寄る桑野記者に、埋文の職員も「検討する」としか言わない。

「そうか、CT画像はまだ出してないのか。警察に何か言われたかな？」

忍は「赤天狗《あかてんぐ》」から受け取った江戸時代の瓦版《かわらばん》を調べている。

天明三年（一七八三年）に起きた浅間山大噴火。その大音響は江戸のみならず、京都にまで届いたという凄《すさ》まじい噴火だった。

その噴火で引き起こされた泥流で利根川に流された「（渋川の）厳穂《いかほ》神社の鈴鏡と埴《はに》輪《わ》」が江戸で見つかったとある。続く文面には、それらの神宝は「柴又村の題経寺」に持ち込まれ、泥流の犠牲者の霊とともに手厚く供養された、と記してあった。

まずはその「柴又村の題経寺」を探すところから始めなければならなかった。

「まさか、ここだったとは……」

忍が見上げているのは「柴又の帝釈天《たいしゃくてん》」の山門だ。

あまりに「帝釈天」が有名なので、忍も寺の名を失念していた。映画『男はつらいよ』の舞台でも知られる、葛飾《かつしか》にある古刹《こさつ》だ。

昔ながらの店が軒を連ねる参道は下町情緒に溢《あふ》れている。年配の観光客で賑《にぎ》わう「寅《とら》さん」ゆかりの草団子屋を横目に見つつ、忍は題経寺の重厚な山門をくぐっていった。

「天明三年の泥流で流れ着いた鏡……ですか」

住職は忍の質問に首をひねった。

「仰《おっしゃ》る通り、当寺院は天明三年の浅間山噴火の折、江戸川に流れ着いた人馬の亡骸《なきがら》を弔い、供養碑もございます」

噴火から十一日後のことだった。

浅間山はこの江戸からは見えない。だがその凄まじさを、遠く離れた江戸でもこのような痛ましい形で目の当たりにしたのだろう。墓地にある供養碑はその衝撃の大きさを伝えていた。

「ですが、鏡や埴輪といったものは、今は当寺には」

「伝わっていない、のですね。ではこの瓦版の記述は……」

正しい情報ではなかったのか？

だがそれにしては絵に描かれた武人埴輪と鏡がやけにリアルなのだ。

「当時の寺誌には残っているかもしれませんが、調べるのは少々時間がかかります。そうだ。江戸時代の浅間山噴火を研究しておられる郷土史家の先生を知っていますので、紹介しましょうか」

「天明の噴火のことをですか？」

「はい。利根川の泥流被害についても調べておられ、当寺にも何度か足を運ばれました。ちょっと待っていてください」

連絡はすぐについた。

在宅していると知り、忍は前のめりになった。

「すぐにお目にかかりたいです」

郷土史家は江戸川区西葛西《にしかさい》に住んでいるという。住職が連絡をとると、快く応じてくれた。

その郷土史家の名は、中條恒久《なかじょうつねひさ》。長く高校の歴史教師をする傍ら、江戸時代の災害史を研究し、天明泥流が起こした各地の被害も調べてきたという。

また富士山や浅間山噴火を江戸の人々がどう受け止めてきたかを記録した、たくさんの瓦版や絵図のコレクターでもあった。忍が亀石《かめいし》発掘派遣事務所の職員だと名乗ると、驚くほど気さくに自宅に招いてくれた。

「亀石建設の発掘部には昔、知り合いがいたんだ。若い頃発掘もしててね」

ロマンスグレイの髪に銀縁のメガネ、穏やかな物腰が印象的な中條は、七十代半ばといったところか。築四、五十年は経つとみえる自宅は昭和感のある建材がどこか懐かしい。応接間の床板と額に収められたいくつもの賞状を見て、忍はなぜか小学校の音楽室を思い出した。

「亀石建設のひとと発掘もされてたんですか」

「そいつもとうに定年退職しただろうが、若い人が継いでくれてて嬉《うれ》しいよ」

中條は教師をリタイアした今は、郷土史の研究に打ち込んでいるという。

「天明泥流のことを知りたいそうだね。私が天明泥流を調べ始めたのは、鎌原《かんばら》村の発掘調査に関わったのがきっかけだったんだよ」

「鎌原村、というと嬬恋《つまごい》のですか。天明の噴火で最も大きな被害を受けたという」

浅間山の北、山頂から十二キロほどのところにあった村だ。

噴火後に発生した「熱泥流」に飲み込まれて、壊滅したという。

長く「熱泥流」とされてきたが、近年の調査でその正体は岩屑《がんせつ》なだれ（土石なだれ）だったと判明している。八月五日（旧暦七月八日）の大爆発によって浅間山の上部斜面が大きく崩れ、大量の土砂が猛烈な勢いで麓《ふもと》へと下ってきたのだ。高温の岩石は全体の五％ほどで、ほとんどは熱を伴わない乾いた土砂だった。それが村をひと呑《の》みした。

村に到達したのは、大爆発からたったの五分後。生き残った村人は小高い場所にあった観音堂に逃げられた九三人のみ。四七七人が犠牲になった。

「印象的だったのは、その観音堂に至る石段の下から発見された二体の人骨だ。五十段あったとみられる石段の十五段目から下は土砂で埋まった。その埋まったところで亡くなっていた遺体は、もうひとりの遺体を背負うような形で見つかった。分析したところ、背負う人は年齢三十〜五十、背負われた方は年齢四十五〜六十五。どちらも女性。おそらく母娘《おやこ》ではないかと思う。母を背負った娘は観音堂まで逃げてきて、あと少しのところで『岩屑なだれ』に飲み込まれたようだった」

その痛ましい有様は、噴火災害の恐怖を生々しく伝えていた。

「堆積物《たいせき》が七メートルもあって重機で掘るのも一苦労だった。埋まった畑を掘ると、土の中から青々とした葉が出てくるんだ。二百年前のものとも思えないほど生き生きとしてるんだよ。空気に触れるとすぐに茶色く変色してしまったんだが、あれには驚いた」

まさに「その瞬間」を土はそのまま保存していたのだ。

鎌原村を飲み込んだ「浅間押し」と呼ばれる土砂の流れは、吾妻川に流れ込んで「泥流」となった。

大爆発から十五分後、泥流は、現在八ッ場《やんば》ダムがある長野原《ながのはら》に達した。吾妻川から三十〜六十メートルほど高い場所にあった村が呑まれた。狭い渓谷では土砂が溜まってダムになり、一気に決壊して激しい土石流となり、これを繰り返して被害を大きくした。七十キロ離れた渋川付近に到達したのはおよそ二時間後。家を呑み田畑を呑み、人馬を押し流して、利根川との合流地点では逆流もしたという。

土砂の中には溶岩も含まれ、何十キロも下流の村まで流されてきた溶岩は「火石」と呼ばれ、吾妻川や利根川の流域に今も残されている。

「一ヶ月経っても高温のままで、雨が降ると煙をあげたそうだ。渋川にある『金島《かなしま》の浅間石』という巨大な岩も吾妻川の火石のひとつだ」

渋川と聞いて、忍は「なるほど」と思った。吾妻川と利根川の合流地点にある渋川は、山間部から一気に開けて平野になるため、泥流が溢れ、洪水被害も甚大となったのだ。

「噴火による土石流は江戸に十一日かけて流れてきた。火石を伴う泥流は次第に温度を下げながら薄まって濁流になり、停滞と氾濫《はんらん》を繰り返して、河口まで流れていった。巻き込まれた人馬のみならず家や器物、生活用具、あらゆるものが流れ着いたようだ」

中には、生きたまま江戸川の河口にあたる行徳《ぎょうとく》（現在の市川市）の浜辺まで流れ着き、命拾いした者もいたという。

忍は赤天狗に渡された「瓦版のレプリカ」を差し出した。

「天明泥流の後、江戸で配られていた瓦版だと思います。ここに描かれた埴輪と鈴鏡のことを知りたいのです。中條さんは当時の瓦版を蒐集《しゅうしゅう》されているそうですが、何かご存じではありませんか」

中條はメガネをあげて瓦版を読んだ。

それまで穏やかだった眼差《まなざ》しが、途端に鋭くなった。

「これはまた興味深いね。古墳の副葬品が流れついたのか、江戸に」

「渋川の神社に奉納されていたものだそうです」

「天明泥流ではそれこそ、寺院の仏具から仏像から石塔なども流れてきた。渋川の甲波《かわ》宿禰《すくね》神社は社殿が流され、下総《しもうさ》の真間《まま》で御神体が見つかった。そんな例もある」

埴輪と鏡を入れた箱はよほど頑丈だったのだろう。

あるいは船の役目を果たして激しい濁流をしのいできたのかもしれない。

「流れついた仏像を祀《まつ》ったという寺もあるし……。もしかしたら、どこかの神社に今も祀られているかもしれないなあ」

「江戸の神社ですか？」

「うん。帝釈天さんから移した可能性もある。少し時間をくれれば、調べられるが」

どうする？　と訊《き》かれ、忍は「お願いします」と即答した。

「お力添えいただけると助かります」

「わかった。なにか手がかりが見つかったら、すぐ連絡するよ」

中條の協力を得られたことはとても頼もしかった。

忍はその後も休むことなく調査を続け、下町を中心にあちこちを飛び回り、何人かの専門家のもとも訪ねた。

しかし、なかなかすぐには手がかりに届かない。

都内の発掘現場にいた亀石建設の柳生篤志《やぎゅうあつし》にも協力を請うた。

「……天明泥流か。確かに江戸に流れ着いた可能性は十分あるが、おまえたち群馬で発掘してたんじゃないのか？　なんでこんなこと調べてる」

柳生は「あっ」と合点がいった。

「わかった、アレだな？　例の埋蔵金の箱掘ったのは、おまえらだったのか！」

「あ……ええ、まあ」

「無量のやつか。またいめんどくさいもん掘り当てやがって。千両箱の中身は古墳の副葬品だったってゆーのか！」

柳生は察するのも早い。ずばずば当てられ、忍も口ごもってしまった。

「盗まれたとか騒いでたけど、またなんか厄介なことになってんのか」

「はい。またちょっといろいろと」

「もうなんなんだよぉ、おまえら」

柳生には呆《あき》れられてしまったが、事情を話すといつものように親身になってくれた。

「……レプリカの可能性はないか？」

「レプリカ？　千両箱の中身が、ですか？」

「ああ。火事とか災害とかで失われた御神体の代わりに、レプリカを作って奉納したりするのは珍しいことじゃない。千両箱に入っていたのは、本物に似せて作ったレプリカかもしれん。中は開けたのか？」

「いえ。CTで透視しただけです」

「そうか。なら、作られた時期もまだ判断できないってことだな」

「しかし江戸に流れ着いたほうにはなかった金冠は、どう説明すれば」

柳生もそこは答えられない。

「ひとつ言えるのは、その赤天狗《あかてんぐ》とやらは——この瓦版《かわらばん》は見た。だがここに描かれた鏡と千両箱の鏡は、鈴の数が食い違うことまでは気づいていないのかもしれない。江戸で回収されたものがそのまま埋まってる、と思い込んでるのか、それともレプリカだと知ってるのか。……いずれにせよ、江戸に流れ着いた箱の中身と千両箱の中身は、全く無関係ってわけじゃなさそうだ」

「はい。そう思ったので調べにきました」

「千両箱を開けるな、か。中身がレプリカだとバレたらまずいとか？　なにか理由でもあるんだろうか」

発掘現場に堆《うずたか》く積まれた排土を眺めて、柳生は水筒の水を飲んだ。

「鈴の数の違いは瓦版屋の勘違いで、単純に江戸から回収した本物が埋まってただけならいいが、なんかめんどくさい裏があるような気がしてならん」

「僕もです」

千両箱の盗難騒動にも裏があるなら、その糸を手繰る必要がある。

「本物が辿《たど》った経路を調べてみます。こんな騒ぎで変な横槍《よこやり》が入って発掘が中止にでもされたら、それこそ困る」

「だな。俺もなんかわかったら報《しら》せる」

現場では無量と同い年くらいの若者が、土坑に向かっている。地面に手をつき、手ガリで土を削る作業に集中している真剣な眼差しに、忍は無量を重ねた。

あんなふうに無量もただひたむきに発掘に向き合えるようになるなら、〈鬼の手〉が使えるかどうかなど大きな問題ではない。

土に雨の匂いが混ざる。

鉛色の雲が都会の空に広がっている。

*

新田清香《さやか》が風邪を理由に欠勤してから、三日が過ぎた。

黒いGT－Rのドライバーのことを訊きたかったが、本人が病欠では家に押しかけることもできない。

ドライブレコーダーの画像を見た棟方の反応は「沈黙」だった。

険しい顔を崩さなかった。だが何も知らないということではないようだ。そのドライバーについては何も言わなかったが、越智の事故を見過ごすつもりもないのだろう。警察に動画を提出して捜査をしてもらうよう、萌絵に頼んだ。

そんな折、萌絵のもとに普門寺《ふもんじ》の住職から連絡が入った。

屋号「左文字《さもんじ》」の先祖供養に毎年香典を送ってくる人物が判明したのだ。

「大迫《おおさこ》みどりさん……ですか」

住所は高崎市内だという。

『香典袋に書いてあった電話番号に何度かかけてみたんですが、全然出られなくて。留守電にも連絡をくれるよう入れたんですが、いまだに何も』

萌絵はしばらく思案したが、意を決し、

「その方のおうちを訪ねてみます。どういうゆかりの方なのか、確かめてきます。差し支えなければ住所を教えてもらえませんか」

萌絵は「八重樫《やえがし》家からの使いの者」という体で大迫みどりの家を訪れることにした。

高崎市の閑静な住宅街に大迫の自宅はあった。

幹線道路から少し入ったところにあり、ワンルームマンションや新築の家が目立つ。おしゃれな外装のパスタ屋などもあって、若い親子連れの姿が見受けられた。

大迫の家はモダンなデザインの洋風建物だ。庭にはしゃれたウッドデッキもある。可愛らしい犬の置物やキンモクセイの木があって、秋には癒《い》やされるような甘い香りを振りまいているのだろうなと萌絵は思った。

呼び鈴を鳴らしたが、反応がない。

一階のサッシはシャッターが閉まっている。二階のベランダにも洗濯物らしきものはなく、ポストに郵便物が詰まっている様子もないが、人の気配が感じられない。

「旅行でもされてるのかな」

プライバシーに厳しい時節柄、近所の者に訊いて回るのも気が咎《とが》める。

「とりあえず、待ってみるか」

いい具合にすぐ近くにパスタ屋もある。店に入って大迫宅の玄関を見守ることにした。

小さなパスタ屋はランチタイムを終えて、客足も落ち着いているようだった。

「いらっしゃいませ。お食事ですか。喫茶ですか」

出迎えたのは五十代くらいの女性店主だ。勝ち気そうな瞳《ひとみ》と口元のほくろが印象的な、明るい笑顔に迎えられ、萌絵も思わず笑顔になった。

「桜エビのペペロンチーノとコーヒーをお願いします」

「美味《おい》しいケーキもございますよ。いかがですか」

やりとりも朗らかで、萌絵はつられてレモンケーキまで頼んでしまった。

木材を多く使った内装はハイジの山小屋にでもいるようで居心地が良い。黒板には季節の限定パスタが並んでいて「猪肉のラグーパスタ」などというものもある。

「ジビエもやってらっしゃるんですか」

「はい。身内が猟をしていてたまにぼたん肉が手に入るの。ディナーにはアラカルトでもお出ししてますよ」

ハイジ風の山小屋で「猪肉」とはなかなかワイルドだ。

「このトールペイントも可愛いですね」

「あら、ありがとう。母が趣味で作っているんです。でもどんどん増えちゃって。飾るところが足りないから、毎月かけ替えてるんですよ」

客が少ないためか、雑談に花が咲いた。

「お仕事ですか」

「あ、はい。お寺さんの用事で、あるおうちを訪ねてきたんですけど、留守のようで。少しここで待たせてもらおうかと」

「まあ。どちらのおうち？」

「斜向《はすむ》かいの赤い屋根のおうちです。大迫さん、ご旅行か何かされてるんでしょうか」

するとと、女性店主はハッとしたように、

「母の家です」

「えっ。大迫さんの娘さんでいらっしゃいますか」

「はい。みどりの娘です。母は先月から入院しているんです。お寺さまの、というと父の七回忌法要の件ですか」

いいえ、と言い、萌絵は慌ててバッグから香典袋を取りだした。

「渋川にある普門寺という寺です。お母様が毎年お盆に八重樫家の先祖供養のお香典を送ってくださっていると聞きまして」

「八重樫家」

「ご存じでしょうか」

いえ、と答えて大迫みどりの娘は困惑顔になった。

「初めて聞きました。先祖供養ですか」

「はい。八重樫家とは何かご縁があるようなのですが、いつもお香典を送ってくださるのみでお寺にはお見えにならなかったと。ご供養をしてくださる分家筋はすでに跡継ぎもないものですから、本家の者が一度御礼をしたいと……」

「そうですか。あいにく私は聞き及んでおりませんので、母に訊《たず》ねてみないと」

そんなやりとりをしていた時だ。外から車のエンジン音が聞こえた。

聞き覚えのあるエキゾーストノートに驚いて窓を覗《のぞ》くと、駐車場にどこかで見覚えのある白いスポーツ車がいる。ドアベルが鳴って若い女性が入ってきた。

「ママいる？　さっき棟方さんから……！」

萌絵はびっくりして目を丸くしてしまった。

新田清香《さやか》だったからだ。

「新田さん？　えっ、ママ？　え、え、どういうこと？」

「永倉さん？　なんでここにいるの」

ふたりして目を白黒させている。

ママと呼ばれた大迫の娘もぽかんと立ち尽くしている。

「新田さんのお母様だったんですか？」

「は、はい……」

「えっ。つまり新田さんは大迫みどりさんのお孫さん？」

店主の名は新田綾香《あやか》。ふたりは親子だった。

母から経緯を聞く間も娘の清香は終始、気まずそうにしていた。清香は三日前から病欠しているはずだったからだ。

「新田さん、お体のほうはもう大丈夫なんですか？」

「え……ええ。熱も下がって医者からも出社していいと言われたので明日には」

しどろもどろだ。あきらかに方便だと萌絵も気づいていたが、あえて突っ込まなかった。母の綾香から話を聞いたが、八重樫家との関係はわからずじまいだった。

「では、どうしましょう。八重樫さんからの御礼の件は」

「母が退院して落ち着きましたら、こちらからご連絡をいたします。どうぞ八重樫家の皆さんにはよろしくお伝えくださいませ」

核心には迫れなかったが、別の手を考えるしかない。萌絵は美味しくパスタとケーキをいただいて、店を後にすることにした。

「あ、お代は結構です。私にごちそうさせて」

清香《さやか》の申し出に萌絵は「いえいえ払います」とレジの前で軽く押し問答したが、清香がひどく気を遣うので結局甘えることにした。

「ごちそうさまでした」

去り際、萌絵の目に入ったのは、レジの奥に飾られた小さな神棚だ。迦葉山《かしょうざん》の御札と赤い天狗《てんぐ》のお面が飾られている。声にはしなかったが「あっ」と思った。

迦葉山のお借り面だ。

例の赤天狗がつけていたのと同じ。

店を後にした萌絵は神妙な顔をしている。

これは……もしや……。

＊

「新田さんが〝大迫みどり〟の孫娘だったって？」

萌絵から話を聞いた無量は、バケツの水で手ガリを洗う手を止めて、顔をあげた。

発掘現場は作業も終わって、片付けが終わった者から帰宅を始めている。さくらとミゲルは島田の車に乗せてもらって先に帰ったようだった。

夏至《げし》が近いので日は長いが、太陽はすでに榛名山の向こうに落ちている。空は夕焼けに染まり、寝床に帰るカラスの群れが仲間と呼び交わし合っていた。

「うん。『左文字』の家の——この現場の元地権者の先祖供養をしてた人のお孫さんって、どう考えても、何かあるよね」

大迫みどりが何者かは、まだ判明していない。

が、この数日の清香《さやか》の言動にはやはり不自然なことが多すぎる。

「新田さんがこの現場の元地権者の縁者……の可能性があるってことか」

「うん。やっぱりあの千両箱のことも何か知ってるんだと思う」

祖母である「大迫みどり」に直接訊ければいいのだが、入院中ではそれもかなわない。

「それにね」

萌絵は店で見た迦葉山《かしょうざん》の天狗の「お借り面」のことを話した。

無量はたわしを置いて、腕組みをした。

「……赤天狗の正体は新田さんだって言うわけ？　でも地元なら、迦葉山のお面を家に飾るのは結構フツーなんじゃない？」

「まあ、そうなんだけど」

「それに新田さんは俺たちが赤天狗に会った頃、ミゲルと一緒にいたんだよね」

「なら、新田さんのお母さんって可能性は」

萌絵はむきになって訴えた。

「西原くんのことも新田さんから聞いたのかも。それに棟方さんが言ってたでしょ。新田さんのお母さんは元走り屋で、棟方さんと碓氷峠の下り最速を争ったって」

「いやそれ天狗と関係ないし」

「棟方さんが例のあおり運転した黒いGT－Rに心当たりがありそうだってことは、お母さんのほうも何か知ってるんじゃ」

そう言われて無量も合点がいった。……なるほど。

ドライバーのほうか。

「西原くん、あのお店に行ってみて。お母さんが赤天狗かどうか確かめてきて」

「てかお面つけてて顔見てないし」

「顔は見てなくても体形とか雰囲気とか、そういうのでわかるでしょ。相良さんが言ってたよ。西原くんは物の特徴を直感で捉《とら》えるって。ぱっと見て判別する能力が高いんだって。だったら人を見てもわかるはず」

無量は驚いている。

「忍がそんなことを」

「西原くんは〈鬼の手〉だけが取り柄じゃないでしょ」

胸を衝《つ》かれた。

無量は思わず萌絵を見た。まだ右手のことは明かしていない。忍から聞いたのか、と思ったが、それにしては口調に屈託がなかった。無量の動揺に、萌絵は気づくこともなく、

「じゃあ、今夜の夕食はパスタで決まりね。結構おいしかったよ」

無量は萌絵が運転する車で高崎まで行くことになった。だが、新田家のパスタ屋は閉まっていた。臨時休業の札がかかっている。

「……おっかしいなあ。二十一時まで営業って書いてあったんだけど」

さすがに警戒されてしまったか。

清香《さやか》の母との対面は空振りに終わり、結局、ファミレスで夕食をとって渋川に戻ることになった。

利根川に沿って北上する県道は混んでいた。

あたりはすっかり暗くなり、ほんのりと赤みを残す空に榛名山のシルエットが浮かび上がる。工場の脇を抜けると右手には夜空を背にした赤城山も見えてきた。

車中での無量は寡黙だった。

このところ、メンタルが落ちていることは萌絵も気づいていた。

いつもなら発掘現場に入ると、不遜《ふそん》なほど「ここぞマイフィールド」感を出してくるくせに、ここ数日、あきらかに自信なげにしている。別におどおどしているわけでもないが、発掘現場に入ると大きく見える無量の姿が、いつもより頼りなく見えていた。口数が少なく、表情が乏しい。

昔の無量に戻ってしまったかのようだ。

──無量の右手のことは、聞いた？

萌絵は忍の言葉がずっと気になっていた。「右手のこと」とはなんだろう。

──西原くん、右手、どうかしたの？

などと直球で訊ねるのははばかられた。無量はこれでいて繊細なところがある。デリカシーのない訊《き》き方は、触れてはならないところをうっかり刺激する恐れもある。

信号の前で渋滞している車列の赤いテールランプを眺め、どうしたものか、と言いだしあぐねていると、無量のほうから口を開いてきた。

「……なあ、永倉。もしさぁ」

「えっ。なに？」

「もしさ、もしもなんだけど、俺の右手が遺物の気配とか全然感じ取れなくなったりしたら、俺ってA級発掘員から格下げされたりする？」

萌絵は驚いて、助手席の無量の横顔を見てしまった。

「な、なに言ってるの。格下げなんてされるわけないよ」

「ほんとに？　すごい遺構や遺物が埋まってるのに全然わかんなくなっても？」

「当たり前でしょ。西原くんは〈鬼の手〉があるからA級格付けされてるんじゃないよ。知識とスキルと経験値が評価されてるからA級なんだよ」

忍と同じ答えを聞いて、そっか、と無量は少しほっとした顔をした。

「でも高浜《たかはま》教授は俺を指名したんだよな。右手のアレを期待されて呼ばれたんなら、やっぱり黙ったままでいるのは、派遣先に嘘ついてることになるよね……」

どくん、どくん……、と萌絵の鼓動が次第に大きくなっていく。

まさか……。萌絵はわけのわからない緊張感に耐えられず、ハンドルを握る手に力をこめた。そんなはずはない。だが、そうなら忍の台詞《せりふ》も合点がいく。無量は遺物を感じ取れなくなっているのか？〈鬼の手〉が探知不能に陥っているのか？

するると、無量が慌てて取り繕い、

「あくまで『もしも』だからね。別に本当にそうなったわけじゃ」

「うん、もしも……だよね。もしもの話だよね」

萌絵は動悸が激しくなってきた。無量がわざわざ改めてこんなことを言い出すなんて、おかしい。やはり、そうなのか？　右手が遺物に反応しなくなっているのか。

　無量の深刻そうな横顔から萌絵は確信した。やはりそうだ。不調の理由はそれだったにちがいない。忍が言いだしにくそうにほのめかしたのもそのせいだ。無量からすれば「宝物発掘師《トレジャー・ディガー》」を返上しなければならないほどの一大事だからだ。

「い……いつからなの？」

　口がカラカラに乾いていると感じた。無量は口にするのも重たそうに、

「……和歌山から、かな」

「もしかして佐分利《さぶり》さんの山で経筒を捜した時から？」

　確かにあの時は変だった。無量があんなに混乱する姿を萌絵も見たことがなかった。まさかいまだに続いているなんて思いもしなかった。

「……俺、いつのまにかうぬぼれてたわ」

　長い沈黙の後で、無量はうつむきがちに呟《つぶや》いた。

「アレが自分の実力だと思い込んでた。思い上がってた」

「…………」

「気持ちわりーって言いながら、掘り当てた時は、ホントはいつも、心のどっかで優越感に浸ってた。変な発見するたびにうさんくさい目で見られんのがヤだったから、こんな力なくなればいいのに、なんて言ってたけど、本心じゃ『どうだ見たか。俺は見つけられるんだ。誰にも見つけられない土の中の遺物がわかるんだ、おまえらとはちがうん

だ』なんて周りを見下してた」

「見下してなんていないよ。西原くんは」

「見下してるくせに『早くこんな力なくなって平凡な作業員になりたい』なんてかっこつけて。嘘ばっかりだ。俺には〈鬼の手〉がなきゃダメだった。俺はひととは違うって思うことで、やっと周りへの気後れをとっぱらえた。本物の自信なんかじゃない。ズルしてやっと人並になれてただけなのに」

無量は前髪の下に手を差し込んで、目のあたりを押さえている。

「ばかだよな……。誰より俺自身が一番〈鬼の手〉にすがってたくせに。それがなきゃ空っぽだからさ。誰かに〈鬼の手〉を褒められて、同情されて、なんなら崇《あが》められてチヤホヤされてやっと、劣等感埋めて、みんなと同じ場所に立ててた」

「西原くん」

「そんなんでちっぽけな自尊心満たして……、ダサいにもほどがある。自分の実力でもないもんにすがって、周りから認められてる気になって、本当は、空っぽな本当の自分がバレるのが怖くて……そんな自分がダサいから〈鬼の手〉のせいにして」

「そんなことないよ。ズルじゃない。西原くんの実力だよ」

「だとしたら、俺にはもうない」

萌絵はどきりとした。

右手をおろした無量の瞳《ひとみ》が涙を浮かべていたからだ。

強がりでいつもポーカーフェイスの無量は、滅多なことでは人前で弱みなど見せない。そんな無量がいま、どれだけ弱気になっているか、どれだけ脆《もろ》くなっているか、萌絵にはわかってしまったのだ。

前の車のテールランプを受けて、赤く潤んでいる無量の瞳から目が離せなくなった。

後続車からクラクションで急《せ》かされて、萌絵は我に返り、前を向いてアクセルを踏んだ。

「そんなことない。私は西原くんの〈鬼の手〉は別に超能力なんかじゃなくて、西原くん自身の発掘勘が右手を通じてわかりやすく発現してるだけだと思う。発掘勘自体が消えることはないよ。体調とかで多少鈍ったって、西原くんの中に蓄えてる知識とスキルと経験値が消えるわけじゃないでしょ」

「……ちがう」

うつむいた無量の頬に、一粒、涙が伝った。

「ちがうんだ。……そういうことじゃない。俺は俺自身の空っぽさを〈鬼の手〉で埋めてたんだとしたら、一人前になるために、もう〈鬼の手〉からは卒業しなきゃならないんだよ……わかってるんだ。だけど」

無量は前髪を強く摑《つか》んだ。

「……なくすのが、こわい……。俺が俺でなくなるみたいで、こわい。〈鬼の手〉をなくしたくない。どうしたらアレが戻ってくるのか、わからないんだ」

「西原くん」

「……どうしよう……」

終わりの方は涙声になっている。

「……俺は、どうしたら……」

萌絵はハンドルを握る手にぎゅっと力をこめ、行く手に見えたコンビニの駐車場に急ハンドルで車を突っ込ませた。

「うわ。なに！」

「ちがうよ。西原くん」

車を停めて、萌絵はシートベルトを外すと、無量の右手を握りしめた。

「西原くんは空っぽじゃないし、たとえ〈鬼の手〉がどっかいっちゃったとしても、西原くんは西原くんだもん。そのまんまが西原くんだもん。一人前の発掘師として地に足着けてやっていける。大丈夫。私が保証する。私が支える。だから自信もって！」

無量は驚いていたが、また顔を伏せ、

「期待の目にこたえられなくても？」

「そんなの気にしない。〈鬼の手〉のミラクルに期待して寄ってくるやつなんて、ろくなもんじゃないって、今までの経験でよくわかったでしょ」

「前みたいに当たりが出なくなっても？」

「当たりなんて出なくて当たり前。大事なのは遺構や遺物を正しく調べて、後世に過去の姿を伝えていくことでしょ」

無量が目を上げた。不安に揺れている瞳とまともに目線があった。

萌絵は思わず指に力をこめた。革手袋ごしに感じる少しゴツゴツとした関節と自分よりも太い指を、励ますように両手で力一杯、握りしめた。

「……。ありがとな。永倉」

無量は萌絵の手に左手を重ね、不器用そうにほほえみかけてきた。

「……けど鬼がいなくなんのは、やっぱちょっと淋《さび》しいんだわ」

その一言は萌絵の胸に刺さった。

無量は「なんか飲み物買ってくる」と泣き顔を隠すように車を降り、そのままコンビニへと向かった。

車に残った萌絵は放心している。

無量があれほどまで自分を吐露したことはなかった。どれだけひとりで不安な思いを抱えていたか。屈辱に耐えていたか。今の今まで気づかなかった。自分のことで頭がいっぱいだった自分をタコ殴りにしてやりたい。あのときも、あのときも、何度でも気づくタイミングはあっただろうに。

しばらくして戻ってきた無量は顔を洗ってきたのか、前髪が濡れている。目は赤く睫《まつ》毛《げ》も濡《ぬ》れていたが、もう頬に涙の跡はなかった。

田んぼの向こうには、夜空を背にして榛名山の黒いシルエットが横たわる。

走り出した車内は重い沈黙が続いていた。無量は無表情で、榛名山の麓《ふもと》に広がる住宅地の明かりを眺めている。

宿泊先に着いた。駐車場で車を降りたところで、萌絵は意を決して「あのね」と無量を呼び止めた。

「私もね、前の職場にいたとき、急に眠れなくなっちゃったことがあるの」

無量が立ち止まって、振り返った。

「ブラック企業でストレスMAXだったから、そのせいだと思うんだけど、夜、全然寝れなくなっちゃって。すごい眠いのに眠り方忘れたみたいに寝れなくなっちゃって、すごい不安だった。このままずっと、一生眠れなくなっちゃったらどうしようって怖かった。当たり前のことができなくなるって不安だよね。どうしていいのかわかんなくなるよね」

萌絵は拳《こぶし》を固めて訴えた。

「でも治ったから。私、眠れるようになったから！　私の不眠とは全然レベルが違うかも知れないけど、西原くんも治るよ。きっと治る！〈鬼の手〉取り戻したいなら、私も手伝う。リハビリでもなんでもしよう。自律神経系の何かかもしれないし私も調べるから。だから不安にならないで。私は味方だから。ずっとそばにいるから！」

無量は驚いた顔で固まっていたが、ふと目をたわめて、

「うん」

と、うなずいた。

「……また明日な」

背を向けて手を振り、先に部屋に戻っていった。

取り残された萌絵は、榛名山の稜線《りょうせん》の上で刺すように輝く星に気がついた。

無量自身が気づいているかはわからないが、萌絵はひとつ、気づいてしまった。

無量が〈鬼の手〉に抱く複雑な思いの中には「愛着」もあったことを。

祖父に焼かれてから長い時間を経て、ようやく自らの一部だと受け容《い》れた。この傷は自分を形作るもののひとつなのだと。

〈鬼の手〉の不思議な力を「まるで祖父の怨念《おんねん》のようだ」と嫌悪していた無量は、いつだったか萌絵に、いまだ拭《ぬぐ》えない祖父への恐怖心を打ち明けたことがある。

だが、その複雑な思いの奥には、無量自身もそうだとは気づけないほどの、祖父への捨てがたい愛情が潜んでいたのではないのか。

〈鬼の手〉への愛着を語った無量は淋しそうな眼をしていた。

急に鼻の奥がつんとして、萌絵は頭上を見上げた。

「星が多いな……」

肌寒い風が吹いている。

＊

「埴輪《はにわ》と鏡の行方がわかった？　本当ですか！」

中條から連絡が入り、「柴又の帝釈天に持ち込まれた『偶像の兜《かぶと》人形』と『鈴付きの鏡』らしきものが見つかった」との報《しら》せを受け、忍はすぐに中條のもとへ駆けつけた。

中條はその後、題経寺に残された記録についてもあたってくれたらしい。

西葛西駅近くの喫茶店で落ち合うことになった忍を、中條はいくつかの資料のコピーを用意して待っていた。

「題経寺にあった寺誌をあたったところ、確かに『泥流で流されてきた金器等』という一文があった。ここで供養されたのは間違いないようだが、半年後に柴又村の鎮守の社《やしろ》に移されたとある」

「鎮守の社、ですか」

忍は運ばれてきたコーヒーに口も付けず、コピーされた資料を覗《のぞ》き込んでいる。

「熊野《くまの》神社と言って古い石剣が御神体らしい。おそらく縄文時代あたりの遺物だな」

「そこにあるんですか」

「いや。これは柴又村の郷誌になるが、妙な一文を見つけた」

中條はメガネの弦を上げた指で、コピーされた一文をなぞった。

「ここだ。『天明四年七月　寺社奉行　松平右京亮《まつだいらうきょうのすけ》殿より遣いあり。九鈴鏡及び土の兜《かぶと》人形を寛永寺に奉納いたせり』……」

「寛永寺？　どういうことでしょうか」

上野寛永寺は江戸城の鬼門を守るため、天海大僧正が上野の山に建立した天台宗の大寺院だ。「東の比叡山《ひえいざん》」を意味する「東叡山《とうえいざん》」が山号で、徳川家の祈禱《きとう》所であり、のちに菩提寺《ぼだいじ》も兼ねるようにもなった。

現在、上野公園がある広大な範囲が、全て寺域だった。「東の比叡山」という名の通り、上野の山全体を霊域として、現在の噴水広場のあたりに根本《こんぽん》中堂、東京国立博物館の地に本坊があったという。さらに清水寺《きよみずでら》を模した清水観音堂や琵琶《びわ》湖を模した不忍池《しのばずのいけ》など、天海大僧正が京の都をそっくり江戸に持ち込もうとしたとも言われる。

将軍家の祈禱所として大きな権威を持ち、関東一円の寺社も束ねていた。

その寛永寺に、だ。

「寺社奉行から何か指示でも受けたのでしょうか」

「そのように読めるね」

「では現在も寛永寺にある可能性が高いと？」

忍は奇妙に思った。

確かに古い鈴鏡は珍しいものであるし、当時は考古遺物がもてはやされた時代だったから、将軍家の菩提寺に献上するというのは、ない話ではなさそうだが。

「こればかりは寛永寺に直接訊《たず》ねてみないとなんとも言えない。ただ——」

「ただ？」

「こんな写真が出てきた」

　中條が差し出したのは、ずいぶん古い白黒写真だ。

だいぶ不鮮明だが、写っているのは、鈴が九つ付いている古鏡だ。

九鈴鏡ではないか。

「これはどこで」

「九鈴鏡について、知り合いの古鏡専門家に訊ねてみたところ、宮内庁の古い収蔵品目録の中にこんな写真があったというんだ」

　宮内庁と聞いて、忍は眉間《みけん》を曇らせた。

「鈴鏡は三鈴鏡から十鈴鏡まで出土したが、九鈴鏡だけ出土したことがないと聞きました。宮内庁にある、ということは、埋蔵遺物ではなく、後世鋳造したものでしょうか」

「それがよくわからない。確認してみたが、三の丸尚蔵館《さんのまるしょうぞうかん》にはこんな古鏡はなかった」

「なかった？　どういうことです」

「この写真のみではなんとも言えない。宮内庁に直接訊《き》いてみたほうがいい」

　忍は古い写真を凝視して、考え込んでしまう。

　雲行きが怪しくなってきた。

「貴重な情報ありがとうございます」

中條には後日、あらためてカメケンから御礼をさせてもらうことにして、その日は資料を持ち帰った。

「寛永寺、か」

徳川家の菩提寺でもあった寛永寺は膨大な寺宝を所蔵しているはずだが、上野戦争でそのほとんどは焼亡しただろう。だが、全くゼロということはないはずだ。その中にあの鈴鏡と武人埴輪があるかどうか、確かめてもらうしかない。

カメケンに戻った忍は引き続き、調査に没頭した。

柴又村の郷誌にあった〝熊野神社に遣いをよこして寛永寺への奉納を指示した〟とみられる寺社奉行についても調べてみた。

「このひとか？　松平輝和《てるやす》」

忍は検索して出てきたプロフィールを見て、ハッとした。

「上野国《こうずけ》高崎藩主……？　高崎藩のお殿様だったのか」

九鈴鏡と埴輪は瓦版《かわらばん》に載るくらいには話題になっていたようだし、由来書きの木札も入っていた。渋川の神社の神宝と判明していたから、同じ上州から流れ着いた遺物だと聞いて、寺社奉行でもあった大河内《おおこうち》松平家の四代目藩主が動いたのだろうか。

だが、寺社奉行が「寛永寺へ奉納せよ」と指示したのなら、それは「幕府に献上せよ」と同じ意味だ。

「地元に戻せ、というならわかるが、なぜ、将軍家に？」

そのあたりの動きを知りたい。

忍は文化庁の元同僚にもメールで訊ねてみることにした。むろん、すぐの返答は期待できない。まだ動ける方法があるはずだ。

「宮内庁か……」

頭に浮かんだのは、ある男の容貌《ようぼう》だ。……降旗拓実《ふるはたたくみ》だ。

あの男の手を借りるのははばかられたが、宮内庁書陵部《しょりょうぶ》の職員で専門家でもある。訊ねるのが早い、ということもわかる。

背に腹はかえられない。

忍は溜息《ためいき》をつき、スマホを手に取った。

＊

降旗とはその日のうちに会えた。

すでに夜七時を回っていて、橋の向こうにある皇居の平川門《ひらかわもん》にも明かりがついていた。内堀通りに面した新聞社に入るコーヒーチェーン店に少し遅れて到着した降旗は、上着を小脇に抱えて、珍しくネクタイもしていなかった。

忍にとっては天敵のような男だ。

「久しぶりだね。相良。まさか君から連絡がくるとはね」

メガネの奥の涼しい切れ長の目は、相変わらず値踏みされているようで癇《かん》に障る。いらっとする気持ちを抑え「急に呼び出してすみません」と言った。

するると、降旗《ふるはた》はちょっと意外そうな顔をした。

「すみません、か……？　なんだい。私に訊きたいこととは」

「宮内庁が収蔵している文化財についてです」

ろくに前置きもなく、忍は中條から提供された資料を差し出した。

「この古鏡について調べています。宮内庁の古い収蔵品目録の写真のようですが、尚蔵館の目録には載っていなかった。宮内庁にはあるのか、ないのか。それを確認したい」

ほう、と降旗は言い、

「九鈴鏡……？　これはまた珍しいな」

しげしげと古い写真を見始めた。

「出土遺物か？　それとも後世の鋳造品か？　九鈴鏡はいまだ出土したことはないと聞くが」

「江戸時代に暴かれた古墳から出てきたもののようです」

古墳から？　と降旗は目を丸くした。さらっと言ったが、それは九鈴鏡が古墳時代に存在していたという大変な発見でもある。

だが、降旗は騒ぎ立てず、

「宮内庁にはないな。こんな鏡は収蔵していない」

本当ですか？　と忍は疑わしげな顔をした。

「君に嘘をついても始まらん。この鈴鏡を捜しているのか？」

「はい。天明年間に寛永寺に奉納されたものと思われます。天明泥流で上州の神社から江戸に流れ着いたものではないかと」

経緯を話すと、降旗は「寛永寺か……」と記憶を探る目になった。

「この写真は乾板写真だな。幕末から明治以降に撮ったものだとすると、将軍家にあったものを明治維新で薩長《さっちょう》が接収した可能性もあるな」

「薩長が……ですか」

「江戸城明け渡しで、官軍の東征大総督職・有栖川宮《ありすがわのみや》が入城したとき、江戸城の古物類を集めて接収目録を作成させた、という話を何かで聞いた。その時のものではないか。それに寛永寺は、徳川慶喜《よしのぶ》が江戸城を追われた後、謹慎した場所でもある」

「徳川慶喜」

最後の将軍だ。

寛永寺で大名の控えの間として使われていた二間の部屋で、二ヶ月ほど過ごした。

慶喜が去った後、上野の山では、旧幕府側の彰義隊《しょうぎたい》と官軍が衝突した。戦場となり、寛永寺の堂宇はそのほとんどが戦火で焼けてしまった。

「つまり、当時は徳川慶喜が持ち主だったとも言えますね」

「慶喜が水戸や駿府《すんぷ》に持っていったなら、そこにあるかもしれんが」

よほどの家宝ならともかく、古い埴輪《はにわ》と青錆《あおさび》まみれの銅鏡だ。可能性は低い。

だが、降旗は真剣な目で写真を見つめている。

忍とは天敵同士だが、降旗の知識は本物だから、味方になった時は頼もしい男だ。

「この写真が掲載されていた原本はなんだ」

「提供してくれた方は、宮内庁の古い収蔵品目録だと言っていたが、曖昧《あいまい》です。別のところから出てきたものかもしれない」

「私も見た覚えがないな。寛永寺に知り合いの僧侶《そうりょ》がいる。直接話を聞いてみることもできるが？」

「本当ですか」

「ああ……。ただ気になるのはこの九鈴鏡だ」

降旗は眉間に皺《しわ》をよせて、

「どこかで見たような」

小一時間ばかり、ああでもないこうでもないとあらゆる可能性を議論したが、結局、調べ先が増えただけで答えは出なかった。

別れ際、竹橋《たけばし》の駅に向かおうとする忍に、降旗は言った。

「あの千両箱を出土させたのは、西原くんかい？」

忍は、どきっとして足を止めた。

降旗は把握していたようだ。

「……さすがですね。どこで聞いたのやら」

「てっきり用事とは西原くんのことかと思ったよ」

どういうことです？　と忍は目を吊《つ》り上げた。

「いや。そうでないなら、いい。よろしく伝えてくれたまえ」

忍は全身に警戒心を漲《みなぎ》らせている。

「……そうだ。あなたにひとつ、報告しなければならないことを思い出しました」

「なんだね」

「どうやら無量は――〈革手袋《レザーグラブ》〉は、あなたがたの望む発掘員ではなくなってしまったようです」

降旗の目つきが鋭くなった。

「どういう意味だ」

「千両箱を見つけたのは別の発掘員です。無量が見つけて掘り当てたわけじゃない。それどころか、無量はなにも感じなかったそうです」

意味をとりかねている降旗に、忍は言い放った。

「〈革手袋〉の右手は、遺物を探知する力を失った。彼はもはや、ただの発掘作業員です。〈鬼の手〉は死んだ」

「なんだと。いまなんて言った」

忍は冷ややかな眼差《まなざ》しで、突き放すように、

「ＧＲＭのエージェントとして報告します。〈革手袋《レザーグラブ》〉の能力発現に疑問有り。彼の右手はもう前のようなミラクルを起こすことは二度とない」

「なんのつもりだ、相良。無駄なあがきだぞ。そんな見え透いた嘘で、〈革手袋〉をウォッチ対象から外せると思うのか」

「信じられないなら直接、本人に確認してみるといい」

忍はバッグを左手に持ち替えて、言った。

「かわいそうに。無量は〈鬼の手〉を失った、といって毎日泣き暮らしていますよ。あなたがたが欲しいのはウグイスのさえずりなのに、鳴けなくなったウグイスをそれでも飼いたいですか」

ＪＫによろしく。

と背を向け、忍は地下鉄に続く階段をおりていく。

残された降旗の脳裏に無量の言葉が甦《よみがえ》った。

──なら、その〈鬼の手〉の力がなくなってしまったとしたら？

──鬼はいつまでもいてはくれないかもしんないって話っすよ。

「まさか本当になくなってしまったのか？」

湿り気を帯びた重たい夜気が襟元にからみつく。

高速道路の下を流れる黒い川は、行き交う車のライトを映して揺れている。

第五章　アズマテラスの鏡

翌日、新田《にった》清香《さやか》はようやく現場に戻ってきた。

梅雨入り前の肌寒さが続く現場は、重機による二回目の噴火によるテフラ（FP層）の除去が終わって、全員、一回目の噴火（FA層）の遺構面におりて手作業に入っている。一連のFA噴火は計十五回あり、噴出物も十五層に及んでいるので繊細かつ慎重な作業が求められる。

清香は無量《むりょう》のもとにもやってきた。

「今日は永倉《ながくら》さんは？」

萌絵《もえ》の動向が気になるのだろう。無量は素知らぬふりをして、

「何か調べ物があるとかで今日は現場には来ないっす」

「何の調べ物をしているの」

目に見えてそわそわしている。自分が〝大迫《おおさこ》みどり〟の孫だと知られて動揺が隠せないようだ。

「千両箱を埋めたのが誰か、探るためにここの元地権者のことを調べてるんすよ」

「永倉さんはコーディネーターじゃないの？　研究者なの？」

「ああ……。地権者さんのマスコミ対応の窓口になってるんで情報が必要なんす」

「なんでマスコミ対応するのに、お寺の供養料のことなんかでうちのおばあちゃんを訪ねてくるんだろうね」

「地権者さんから『なんかのついでによろしく』って頼まれたんでしょ。あいつお人好《ひとよ》しだから」

清香《さやか》は警戒している。

無量もそんな清香をじっと観察している。

頭の中では石原庚申塚で会った赤天狗《あかてんぐ》の容姿と比べている。赤天狗は清香よりもだいぶ肉感のある体形だった。雰囲気も清香より成熟感があって、ずっと貫禄《かんろく》を感じた。

だが似ているところもある。――声だ。

赤天狗の声は清香の声と似ている。

「なに？　なにか言いたいことでも？」

「あ、すいません。新田さんちのお店ってジビエもやってるんすか？」

「なんで知ってるの？」

「メニューに猪肉のパスタがあったって、永倉が」

「ああ……、あれは昔、祖父がね。猟友会に入ってて今でもお仲間が時々、山で駆除した猪の肉なんかを持ち込んでくるの」

猟友会、という言葉に無量は反応した。赤天狗はあの時、猟銃を持っていた。

やはり赤天狗の正体は、清香《さやか》の母親なのか？

「おーい、サヤカ。撮影用のドローンの準備、どうなってるー？」

清香はアルベルトに呼ばれて、行ってしまった。

そばで作業している越智《おち》に無量はさりげなく訊《たず》ねた。

「ここんとこ棟方《むなかた》さんが来てないっすけど、千両箱まだ見つかってないんすか」

「まだみたいだねえ。小判めあてなら、そうじゃないってわかった時点で返してくれるといいのに」

「越智さんも例のGT－Rみたんすよね。あいつ、やっぱなんか千両箱がなくなったのと関わってると思います？」

ふたりとも道具を動かす手は止めない。越智も手際よく手ガリを動かしながら、

「おまえらも追っかけられたんだって？　揃いも揃って同じクルマにってのが、まず変だ。俺たちがここを掘ってるって知っててやったにちがいない」

越智は双子の弟・亨《とおる》を怪我させられている。語調に怒りがこもっている。

「発掘妨害っすかね。脅しっすかね。でも妨害する理由も脅す理由もわかんないんすよね」

「俺にもそれはわからんが、棟方さんには何か伝わってるのかもしれない。こないだっから様子が変だ」

従業員と派遣発掘員が同じクルマに追いかけられて、事故らされた。

その意味がわかるのは、どうやら棟方だけのようなのだ。

「知り合いっすかね」

「さあ。でも俺には黒いGT－Rっつーのが、気になる」

「年式はちがうけど、棟方さんも黒いGT－Rっすよね」

「そういう単純なことじゃない。あのひとが若い頃の話だが、実は棟方さんには昔、同じチームで黒いGT－Rに乗ってタッグ組んでたドライバーがいたんだ」

無量は驚いて手を止めてしまった。

見ると、越智も手を止めて思い返すようにじっと土を見ている。

「それは誰ですか」

「高屋敷《たかやしき》っていう腕のいい走り屋だった。棟方さんとタッグ組んで県内の峠を賑《にぎ》やかして『黒い双つ星』なんて呼ばれていた。高屋敷は天才的なドラテクの持ち主でこのあたりじゃ知らない者はいなかった」

越智がクルマに目覚めたのも、高屋敷の走りを見て心を奪われたせいだった。

「俺はまだガキで免許も持ってなかったけど、亨と一緒に地元のセンパイのクルマにのっけてもらって週末ごとに夜の峠でギャラリーしたもんだ」

公道レースなど道路交通法違反でしかないし、今では考えられないことだが。

「特に高屋敷は地元じゃ負けなしで〝榛名山の神〟だなんて呼ばれてた。あの重いGT

－Rを自分の体みたいに操って、全部が神がかってた。あの頃の俺たちにとっちゃ、あの人たちゃ身も心を熱くさせてくれるヒーローだったんだな」

越智は遠い目をして当時の熱気に思いを馳《は》せた。

「そんな高屋敷と棟方さんにプロのレーシングチームから声がかかった。何度も優勝してる超有名チームだ。高屋敷はスカウトに応じたんだけど棟方さんは断った。棟方さんには遺跡発掘があったしプロになるつもりはなかったんだろう。惜しまれながらタッグ解消することになり、高屋敷対棟方でラストレースをすることになった」

「黒いGT－R同士で……？」

「そう。高屋敷は『公道引退』を宣言してたから、峠で高屋敷の走りを見られる最後の機会だった」

評判が評判を呼び、その日はたくさんのギャラリーが集まった。

高屋敷が卒業レースの対戦相手に、長年パートナーだった棟方を選んだのは、心の区切りをつけるためだったろう。誰よりも実力を認め、互いに腕を磨き合ってきたライバルであり、戦友だった。

「だがそのレースで事故が起きた」

「まじすか」

「四連ヘアピンでアクシデントが起きた。興奮したギャラリーが斜面から転がり落ちたんだ。先行した棟方さんがそいつをよけようとしてコーナーリングをミスった。そこに高屋敷さんが突っ込んできた」

「まさか……」

「あの瞬間は、今でも目に焼き付いてる。スピンして制御が利かなくなった棟方さんに、ぴったり合わせたみたいな角度で高屋敷が進入した。二台は社交ダンスのターンでもするみたいにきれいに回って、そのまま高屋敷のクルマは押し出されるみたいにガードレールを突き破って下の道路に落ちた」

無量はぞっとした。

「……それで高屋敷さんは？」

「一命はとりとめたが脚が潰《つぶ》れた。プロは諦《あきら》めなきゃならなかった」

花道を飾るはずだった卒業レースは、痛ましい結果となった。

高屋敷再起不能の報《しら》せは地元の走り屋たちに衝撃を与え、棟方と高屋敷に憧《あこが》れてクルマ好きになった越智兄弟も大変なショックを受けたという。

「その後、棟方さんも公道レースを離れてしまった。発掘会社を起《た》ち上げたのはその頃だった。以来もう二度と棟方さんが峠を攻めることはなかった」

公道でちょっかいを出されたり、バトルを挑まれたりしても、応じなかった。走り屋のプライドからすれば屈辱のような扱いを受けても決して相手にしなかった。

ただ、と越智は言った。

「あのひとがいまだに旧車のＧＴ－Ｒに乗ってるのは、やっぱ高屋敷への思いがあるからだと思う。高屋敷のクルマは大破して廃車になったけど、いろんな意味で失った片割れへの、いろんな気持ちが詰まってんだろうな……」

　高屋敷という天才ドライバーの未来を奪った罪悪感と悔しさと後悔と。

「そんなぐっちゃぐちゃの気持ちをのっけて二十年走ってきたんだろうな」

ただの旧車好き、などという単純な理由ではなかったのだ。無量は今日までクルマを乗り換えられなかった棟方の胸中を思った。

「その高屋敷ってひとは、いまはどうしてるんすか」

「どうしてんのかなあ。家業を継いだみたいな話は聞いたけど……」

　じっと越智を見つめている無量に気づいて、越智は「おいおい」と手ガリの先で土を叩《たた》いた。

「まさかあのGT－Rのドライバーが高屋敷だっただなんて言わないよな」

「さすがにそれは。足が不自由なんでしょう？」

「今は車イスのやつでもふつーに手動で運転してるからな。とはいえ、奴のドラテクはヤバかった。手動であそこまでできるもんなのか？」

　越智兄弟もレース場でドライビングの腕は磨いている。そんな男を、事故を起こすまで追い込んだ。越智兄は弟の後ろを走っていた。そこに黒いGT－Rが割って入った。カーブで目を瞠《みは》るほど見事なテクニックを見せて挑発する相手のクルマに、越智兄弟は思わず躍起になった。弟が事故を起こしたのもそのせいだ。

「けど高屋敷ならできる。そんな気もする」

だったとしても、なぜこのタイミングで？　そもそも高屋敷には棟方組の発掘調査関係者を追い回す理由がない。あるとすれば、例の千両箱の出土だが。

「そういえば、弟がいたんだよな」

「弟？」

「うん。確か俺らと同級生の。そいつもプロレーサーになったんだよ、確か。兄貴の無念を晴らしたなんて一時期話題になったけど」

無量は駐車場に並んでいる棟方組のクルマを眺めた。

正直なところ、彼らを追いかけたクルマが棟方のものと同じ「黒いGT－R」だったというだけで、発掘調査とはなんの関わりもない。だが、やはり、事故を聞いた時の新田清香《さやか》の反応が気にかかる。

「ちなみに新田さんのお母さんも高屋敷氏のこと知ってます？」

「綾《あや》ちゃんかい？　ああ……そーなんだよなあ。綾ちゃん、清香のおふくろさんなんだよなあ……」

「なんすか。その奥歯に物が挟まったような言い方」

「綾ちゃんは高屋敷の彼女だったんだよ。当時」

無量はぽかんとしてしまった。

「あの高屋敷がプロになるって決めたのも綾ちゃんに背中押されたからなんだよ。あの高屋敷が尻《しり》に敷かれて『これぞ上州名物かかあ天下だ』なんてみんなで笑ってた。事故のあと、いろいろあって別れたが、当時は峠最速同士のパワーカップルって感じで、みんなの憧れだったんだよ」

旧姓・大迫綾香。

この遺跡の元地権者である屋号「左文字《さもんじ》」の先祖供養を続けていた大迫みどりの娘だ。

「一時期は棟方さんと三角関係だなんて噂もあったが、結局それぞれ別のパートナーと結婚したしなあ。青春だったんだなあ……」

「その〝綾ちゃん〟は棟方組には入らなかったんすか」

「うちのボスが棟方組を起ち上げる前は、同じ発掘会社に勤めてたらしいよ。声はかけられたかもしれないが、あの事故のこともあったし、気まずかったんだろうなあ」

ということは、綾香も発掘調査の知識はあったということか。

赤天狗《あかてんぐ》もやけに業界に詳しい口ぶりだった。

「綾ちゃんとこも大変だったらしいよ……」

越智はしみじみと言った。

「結婚して一旦《いったん》は高崎を離れたんだけど、住んでたとこで旦那《だんな》に死なれちゃってさ」

「旦那さんに？　病気っすか」

「災害だよ」

「災害？」

「大雨で裏山が崩れて家が潰されたんだ。それで旦那さんと義理のお父さんが亡くなったんだよ」

無量は驚いた。越智の目線は、プレハブのそばでドローンの準備をしている清香《さやか》のほうにぼんやり注がれている。

「清香がまだ小学校の頃だった。綾ちゃんはたまたま仕事で外にいて助かったが、清香は土砂崩れに巻き込まれて……。翌日に瓦礫《がれき》の中からレスキュー隊に助けられたんだが、旦那は清香ちゃんをかばうようにして亡くなってたって」

無量は絶句している。

「……その数日前に大きな地震があって、それで土層に亀裂《きれつ》が入ったのか。それが土砂崩れの誘因になったんじゃないかって。葬式にも行ったが綾ちゃんは別人みたいに憔悴《しょうすい》してた。それから女手ひとつで清香を育てて、お店まで持てるようになって。大したやつだよ」

「清香さんは大丈夫なんすか。こんな現場にいて」

発掘作業は土砂を扱う。土砂崩れに遭って死にかけた清香はトラウマになっているのでは、と無量は自分の経験から思ったのだ。

「清香はさすが綾ちゃんの娘だよ。大学で地質学と土木学を学んだ。まるで親の仇《かたき》を研究するみたいに。棟方組に入ったのも災害考古学を防災に役立てるためだって言ってた。自分みたいな被害者を出さないようにって」

無量の心にはその言葉がひどく沁《し》みた。

「……強いひとっすね。新田さんも」

「でもご覧の通り、自ら進んではトレンチに入らないだろ。あの排土の山の下には絶対に。そういうことなんだよ。闘ってるんだ、清香のやつも」

越智は「大したやつだよ」と繰り返した。

心に染みついているだろう恐怖と闘って、克服するために、この職業を選んだ。

似ている、自分と。

新田の姿に無量は自分を重ねた。過去のトラウマに、自分がずっと好きだった「掘る喜び」を奪われたくなかった。それは自分自身を取り返すことでもあった。

右手は過去を忘れさせない。祖父の、呪いのような執念のような、この右手の力も。

力がなくなれば、祖父の呪縛《じゅばく》からも解放されるのかもしれない。

だが、それを素直に受け容《い》れられないのは、なぜなのか。

思いを巡らせながら、また土を削り始めた、その時。

「……あっ」

無量の握っていた手ガリの先端が何か石のようなものにあたった。

一瞬、火山噴出物の軽石かと思ったが、すぐにそうではないことがわかった。

「これは」

無量の声を聞いて、新田親子に思いを馳《は》せていた越智も「なにが出た」と発掘屋の顔に戻った。

「……古墳の、葺石《ふきいし》？」

無量は土を除きながら、出土した白い塊を観察した。いや、と越智が顔色を変え、

「……これ、人骨じゃないか……？」

「人骨？　まさか」

「頭蓋骨《ずがいこつ》のように見えるぞ」

たちまち色めき立って、アルベルトたちを呼んだ。興奮して集まってくる。その間も無量は出土した遺物の周りの土を丁寧に取り除いていく。

「古墳の葺石かい？　それとも人骨かい？」

「S3層の下から出たってことは『甲《よろい》を着た古墳人』たちと同じ火砕流に呑《の》まれたってことだよな」

固唾《かたず》を呑む中、無量は遺構面に突っ伏すようにして「丸い石のようなもの」の特徴を精査する。ややして溜め息をつくと「見てください」とアルベルトに場所を譲った。

「頭骨だと思います。人間の」

どよめきが起こった。

アルベルトが確認した。興奮で顔が紅潮している。

「人骨だ。ついに出たぞ、古墳人！」

さくらとミゲルも駆けつけた。発掘現場は沸いた。千両箱騒動で落ち込んでいた棟方組の面々も一気にテンションがあがって満面の笑みだ。

「周囲から関連遺物が出るはずだ！　皆さん、ガンガン掘っていきましょう」

盛り上がる皆に反して、無量は苦しそうな顔だ。右手を眺めている。

やはり、なにも前触れがなかった。

人骨なんて、右手が反応する最たるものだというのに。

なんの声も聞こえなかった。

無量は情けなさを嚙《か》みしめて、苦笑いを浮かべた。

「……やっぱり、なくなっちゃったかな……」

――きっと治る！　……なんでもしよう。……ずっとそばにいるから！

萌絵の言葉は嬉《うれ》しかったし心強かった。が、この不調は病気でも怪我でもない。薬やリハビリで治るようなものでもない。

天下の空海に持っていかれたのでは、太刀打ちできない。

「〈鬼の手〉終了、か……」

虚《うつ》ろな気持ちで空を見上げる。

そんな無量を遠くから見つめている視線がある。

発掘現場から少し離れた農道の石垣に隠れるようにして黒い車が停まっている。

GT－Rだ。

ドライバーは双眼鏡を手にして、沸き返る現場をじっと見つめている。

＊

萌絵はあることを確かめるため、朝イチで八重樫《やえがし》家に寄った後、その親戚《しんせき》筋にあたる家を訪ねて渋川の先の沼田の街まで赴いた。

用件を済ませた萌絵が立ち寄ったのは沼田城址《じょうし》だ。

沼田の河岸段丘の崖際《がけぎわ》にあるその城は天然の要害だ。石垣の端に立つと頂が平らな三《み》峰山《ねさん》の向こうにうっすら谷川《たにがわ》連峰が望める。かつては五層の立派な天守閣が建っていたという本丸には、今は西櫓台《にしやぐらだい》と石垣、本丸堀の一部しか残っていない。真田《さなだ》親子の長男・信之《のぶゆき》の城だった。大坂《おおさか》の陣で、弟の幸村《ゆきむら》は豊臣《とよとみ》について滅び、信之は徳川について生き延びた。

そこかしこに「真田の六文銭」を象《かたど》った幟《のぼり》が風にはためいている。

「真田というと信州ってイメージだけど、そっか。〝お兄ちゃん〟のお城だったんだ」

沼田城は関東と越後をつなぐ要衝でもあり、小田原北条《おだわらほうじょう》、越後の上杉《うえすぎ》、甲州《こうしゅう》の武田《たけだ》とめまぐるしく主《あるじ》が変わった。林の中で、戦国の世の変遷に思いを馳せた萌絵は、緑の匂いが混ざる湿った風を頬に感じながら――。

「……そろそろ姿を見せてくれる頃だなあって思ってたんですよ」

と背後に立つ者に聞こえるように言い、振り返った。

太い杉木立の陰から出てきたのは、黒いパーカーを着た若い男だ。キャップをかぶり黒マスクで顔を覆っている。

萌絵は意表をつかれた。自分をずっと尾行していたのは、てっきり「赤天狗」だとばかり思い込んでいたからだ。

「あなた、もしかして庚申塚で西原《さいばら》くんと相良《さがら》さんを襲ったひと？」

若い男はポケットに右手を突っ込んでいる。左手に握っているのは、白樫《しらかし》でできた杖《つえ》だ。刀より長く槍《やり》より短い。しかも奇妙に曲がっている。

「なんで西原くんたちを襲ったりしたの」

「あんたこそ誰に頼まれた。盗まれた千両箱を捜してるのか」

とても姿勢がいい。

背は無量より少し高いくらいか。足腰はしっかりしていて杖が必要な様子ではない。木刀や槍より太く、普通の人間には簡単には扱えない得物だ。

「千両箱を盗んだのは、あんたなの？」

「………。鏡はどこだ」

「鏡？　なんの鏡？」

「千両箱に入っていたはずの鏡だ」

萌絵は息を呑んだ。入っていた「はず」だと？

「開けたの？　あの千両箱」

「開けたら榛名山が噴火するっていう、あの千両箱を開けたの⁉」

「……………」

「左文字は千両箱の中身をすり替えたのか」

「えっ」

「教えろ！　入ってた鏡は贋物《にせもの》だ。九鈴鏡をどこへやった。すでに〝碑文〟を解読したのか。本物をどこにやった！」

萌絵は「待って」と叫んで、詰め寄ってくる男を両手で押しとどめるようにした。

「あんたたちの目的は徳川の埋蔵金じゃないの？」

「埋蔵金？　誰がそんなもの欲しがるか」

「じゃあ、なに？　なんで千両箱を奪ったりしたの？　その九鈴鏡を手に入れてどうするつもりなの？」

黒ずくめの若者は何か引っかかったのか、怪訝《けげん》そうに大きな目を細めた。

「おまえ、九鈴鏡の意味もわからず、捜していたというのか？」

「あんたが言ってる九鈴鏡というのは、庚申塚から出てきた鏡のことなんでしょ？　天明泥流で流されて江戸で見つかったっていう。瓦版《かわらばん》にも載ってた――」

若者は「当たり前だ」とばかりにつまらなそうな顔をした。萌絵は畳みかけ、

「地元の言い伝えじゃ、その後、回収されて戻ってきて、なぜか土に埋められたっていうよね。でも実際あの千両箱に入ってたのは九鈴鏡じゃなくて七鈴鏡だった。あんたはそれを左文字の先祖がわざわざすり替えたって言いたいのね？　でもなぜ、左文字さんがそこまで」

「本当にあの鏡の意味を知らないようだな」

え？　と萌絵は息を止めた。

やたらと黒目が大きく目つきの鋭い若者は、不遜《ふそん》げに嗤《わら》った。

「そんなに知りたいなら、明智光秀《あけちみつひで》にでも聞いてみるんだな」

「明智光秀？」

一体どこから光秀が出てくるのだ。

ますます意味がわからない。

「そっちこそ左文字とグルになって〝厳穂碑《いかほ》の碑文〟のことを嗅《か》ぎ回っていたくせに。だがおまえらには絶対、解読なんかさせない。させてたまるか」

また言った。厳穂碑の碑文？

解読したのか、とか、させない、とか。

この男もしや、その解読とやらのために千両箱を盗んだのか？

「待って。左文字というのは八重樫家の分家筋のことでしょ。もう五十年も前に絶えてしまってるのに、なんで私がその家から頼まれたと思うの？」

「とぼけるな。おまえらをここに呼んだのも左文字であることはわかってるんだぞ」

「おまえらって私と西原くんたちのこと？　ああもう話が通じない！　じゃあ、あんたは誰？　いったい何者なの？」

「ふん。なら俺は〈織田信長《おだのぶなが》の末裔《まつえい》〉……とでも名乗っておくよ」

男は杖を両手で握って構え、先端を萌絵に向けてきた。

「俺が知りたいのは九鈴鏡のありかだ。左文字は知っていたはずだ。あんたが知らないなら、あんたの身柄と引き替えという手もある」

「……………。私は人質には向かないと思うけど」

驚くほど構えがサマになっている。これは杖術《じょうじゅつ》だ。日本に伝わる古武術のひとつ。

本当に何者なのだ、この男。

構えながら正体を探っていると、今度は石碑の陰から、もうひとり、長身の男が現れた。

似たような上下の黒いスウェットを着ていて、やはりマスクをつけている。パーカーの若者がそちらにチラと視線をくれた。男はうなずいた。杖は持っていない。だが何らかの修練を積んだ男だということは、緊張感のある体つきを見ればわかった。

「連れていきますか。武尊《ほたか》さま」

と長身の男が言った。

「ああ、この女を使って左文字の口を割らせよう」

武尊《ほたか》さま、と呼ばれた背の低いほうの若者は、長身の男に目配せした。

長身の男はまるで何かの仮面でもかぶっているかのように、無表情で近づいてくるが、萌絵は逃げない。男が腕を摑《つか》んだ瞬間、萌絵が動いた。鋭い体さばきで摑まれた腕をぐるりと大きく返すと、長身の体が背中から地面に叩《たた》きつけられた。

「戸倉《とくら》……！」

と叫んだのは「武尊《ほたか》さま」と呼ばれた若者だ。長身の男は完全に意表をつかれた。若者はすぐさま杖を振り上げて萌絵に襲いかかってくる。だが萌絵の動きのほうが早かった。風車のような連撃をかわして背中合わせに手首を捉《とら》え、うなじに一発、さらにその場で飛び足刀をくらわせる。蹴《け》り飛ばされた若者はたまらず転がった。

起き上がってきた長身の男が間髪容《い》れず徒手で襲いかかってくる。その独特の足さばきは、古武術だ。萌絵は八卦掌で迎え撃つ。激しい崩し合いになったが、どちらも退かない。

だが決着がつく前に中断させられた。警備員だ。乱闘を見た通りがかりの者が呼んだらしい。

「まずい」

男たちは逃げだし、石垣から飛び降りていく。萌絵もすぐに後を追おうとしたが、駆けつけた警備員に止められてしまった。

「あ、ちょっと……！　暴漢はあっちです！　捕まえて！」

訴えたものの萌絵が強すぎて乱闘にしか見えなかったのだろう。警備員が質問攻めしてきて追いかけるどころではなくなってしまった。

「今の連中はなんだね。なにをしていたんだい」

「いえ、その、今のは殺陣《たて》の練習です。インスタでアクション動画作ってて……はい」

苦しい言い訳だ。しどろもどろで、米つきバッタのように頭を下げ続けた萌絵は、足元に見慣れないスマホが落ちていることに気がついた。

男たちのどちらかが落としたものではないか？

警備員に持っていかれないよう、つま先で後ろに隠した。

「まぎらわしい真似して申し訳ありませんでしたー！」

なんとか無罪放免になったので、警備員が去ったのを見計らい、スマホを拾い上げた。

黒いケースに入ったスマホは、ロックがかかっていて中身が見られない。

だが警察に提出すれば、身元を明らかにしてくれるだろう。

千両箱を盗んだ犯人もこれで捕まえられるはずだ。

萌絵は思わぬ収穫に感謝してポケットに押し込むと、すぐに駐車場へと戻った。

＊

上野の寛永寺から回答が来た。

〝現在、所蔵物に九鈴鏡と武人埴輪《はにわ》は、ない〟

とのことだった。

ただ奉納自体はされていた。

寺誌に〝天明四年　柴又村より鈴付き青銅鏡と武人土偶が奉納された〟という旨の記述が確認できた。土偶とあるのは武者埴輪のことで、鈴付き青銅鏡は九鈴鏡のことだろう。動いてくれた降旗《ふるはた》には（不本意ながら）感謝しなければならない。

だが忍《しのぶ》の調査はそこで行き詰まってしまった。

「奉納されたのに、どこかに消えてしまったわけか」

どの時点でなくなったのだろう。

江戸城に移した可能性もある。根拠は例の収蔵品目録だ。

有栖川宮が作成した接収目録。それが「あの写真」だとしたら、少なくとも幕末までは江戸城もしくは将軍家ゆかりの寺にあった。薩長が接収して皇室に献上しようとしたのだとしたら、宮内庁の収蔵品目録ではなく、献上品目録だった可能性もある。

「寛永寺にはない。皇室にもない。……どこに消えたんだ？」

その鏡と埴輪が地元に戻されて千両箱に入れられ、左文字の家に埋められたのだとすれば、話は単純明快だが、千両箱の中身は別物だった。

赤天狗《あかてんぐ》は「箱を開けるな」と言った。中身は「忌み具（呪具《じゆぐ》）」だからと。

開ければ「榛名山が噴火するから」と。

彼女も千両箱の中身は「江戸から戻された九鈴鏡」と思い込んでいたのだろうか。まさか「七鈴鏡」とは思わなかったのか？

それに疑問はまだある。彼女は本当に「榛名山が噴火する」と信じていたのだろうか。天狗の恰好《かっこう》をするくらいだ。よほど信心深いか、何かの新興宗教の類《たぐい》かもしれないが。

迷信だったとすれば、その迷信自体が「箱を開けさせないための口実」だとしたら？

思案する忍のもとに萌絵から連絡が入った。

「なんだって？　永倉さんもあの黒ずくめに襲われた……!?」

忍は沼田城址《じょうし》での経緯を聞いた。

杖《つえ》を使った古武術を操る「武尊《ほたか》」なる名の男とその従者らしき男。

「なら、僕たちを襲ったあの男が、千両箱を持っていった犯人なのか」

彼らの口ぶりからすると、そうとしか思えない。

『でも千両箱の中身は、あいつらの目当てのものとは違ったみたいで、中身は贋物《にせもの》だなんて騒いでました。九鈴鏡はどこだって』

「九鈴鏡！」

そうか、と忍は察した。

天明泥流で流された「九鈴鏡と武人埴輪」を狙っていたのか、彼らは。

赤天狗同様、千両箱の中身はそれだと思いこんでいたらしい。つまり、それらが江戸から渋川に戻されたと勘違いしていた。その上での犯行か。

「でもなんで、そんな昔に暴かれた遺物を手に入れようとするんだ？　その九鈴鏡はなんだというんだ？」

『わかりません。あいつらは〝明智光秀に聞け〟なんて言ってました』

「明智光秀？」

忍も意表をつかれた。

なぜそこで戦国武将の明智光秀が出てくるのか？

古墳時代の渋川とおよそ関係があるとも思えない。浅間山の噴火は光秀が死んでから二百年後の出来事だ。どこにも接点などない。

「一体どこから光秀が出てきたんだ。意味がわからない」

『しかも自分のことを〈織田信長の末裔〉なんてうそぶいてましたけど、ほんとかどうかは』

さっぱり意味不明だ。古墳時代に石室に納めた遺物のことをなぜ光秀が知っているのか。しかも場所は上州だ。光秀とは縁もゆかりもなさそうな土地ではないか。

「他には？　何か他に言ってた？」

『はい。彼らは何かの〝碑文〟を解読しようとしているみたいです』

忍は眉間《みけん》を寄せた。

「なんの碑文？」

『イカホヒの碑文とか言ってたような。その解読のために九鈴鏡を必要としているような口ぶりでした』

「碑文……イカホ碑……。伊香保か厳穂か？」

忍は高速で脳内を検索した。

「群馬で碑文といえば『上野《こうずけ》三碑』だ。日本最古の石碑群だという」

今から千三百年ほど前に作られたという三基の石碑だ。

いずれも高崎市にあり、山上碑《やまのうえひ》・多胡碑《たごひ》・金井沢碑《かないざわひ》がある。漢字で銘文が刻まれている。千三百年前といえば、飛鳥時代から奈良時代だ。

だが「厳穂碑」などという石碑は聞いたことがない。

「その石碑の正体はわからないが、少なくとも、そいつらが九鈴鏡を捜している目的は〝石碑の解読〟ってことか」

『はい。そうみたい』

よくやった！　と忍の声がはねあがった。

犯人の目的が判明しただけでもお手柄だ。

「千両箱を盗んだ犯人が直接接触してきたのは大きい。大きな手がかりだ。お手柄だよ、永倉さん」

『しかも私、犯人のスマホ手に入れたんです！』

忍は「ほんとかい？」と思わず声が大きくなった。

「いったいどうやって」

『はは……。ちょっとまた乱闘になりまして』

闘っている最中に犯人が落としていったのはラッキーだった。だが犯人にとっては致命的なミスだ。

『これを警察に提出すれば、犯人捕まりますよね。千両箱も戻ってきますね！』

「ああ……間違いなく身柄が判明する。あとは警察に任せれば良い。そうか。今回の事件は思ったよりも早く解決できそうだ」

九鈴鏡と七鈴鏡の謎は残るが、別に自分たちは歴史探偵ではない。千両箱は出土遺物だ。出土遺物が戻ってきて、カメケンの発掘員たちの安全が確保できれば、忍たちの業務は終了だ。

「ともかく千両箱を回収するのが優先だ。永倉さんはそのまま警察に行ってくれ。僕も渋川に戻るよ」

謎を解決しきれなかったのは不完全燃焼だが、急ぐ必要もなくなった。落ち着いた頃に個人的に調べればいい、と忍は思うことにした。

『あの、それともうひとつ、わかったことがあります』

「わかったこと？」

『大迫みどりさんのことです。彼女の正体がわかりました』

実は萌絵なりに仮説を立てて、その確認のために今日一日、八重樫の親戚《しんせき》を訪ねてまわっていたのだ。

「そうなんだ！　一体だれだったんだい？」

『それがですね』

　と言いかけた萌絵が『あ』と小さく声を発した。

『……ちょっと待ってください。八重樫さんから連絡が来たようです。ちょっとこのまま待ってて』

　というと、ぷつっと通話が切れてしまった。どうやら割り込み通話の取り方に慣れてなくて、誤って切ってしまったらしい。

「永倉さん、おっちょこちょいだな……」

　用事が済んだらまたかかってくるだろう、と思い、忍はいったんスマホをジャケットのポケットにしまった。

「しかし九鈴鏡のことを明智光秀が知っているとは、どういうことだ？」

　石原庚申塚が暴かれる前にも何かあったのだろうか。

　だが、それらは「塚を暴いた」から世に出た遺物だ。それまでは石室は開けられていないだろうし、手を出すことはおろか、その中に鏡があったことすらわからなかったはず。

「暴かれてもいない古墳の中の遺物のことを、なんで光秀が知っているんだ？」

　頭を抱えていると、風に乗って流れてきた噴水の霧が降りかかってきた。

　忍が今いる場所は上野公園だ。

中條が紹介してくれた古鏡の専門家が、東京文化財研究所の所員だと聞いて、話を聞くためアポをとっていたのだ。

上野公園は平日の昼間だが、ほどよく賑《にぎ》わっている。噴水のそばで写真を撮る学生、ベビーカーを押すママ友、ベンチでのんびり本を読むご年配。

いまはのどかな公園だが、その昔、ここは戦場だった。

上野戦争。幕府の遺臣で結成された彰義隊が、江戸を新政府に明け渡すまいと抵抗して、官軍と激しく衝突した。

ここで死んだ幕府方の兵は見せしめのため、野ざらしにされたという。

憩いの場と化した今の穏やかな光景からは想像もつかない。

尤《もっと》も「過去」とはそういうものだ。今はもう跡形も気配もなくなった昔の出来事に、どれだけ想像力を働かせられるか。それぞれ違うバックグラウンドを持つ人々が、想像するためのよすがとなすために「歴史」はあるといっても過言ではない。

このあたりの広場には寛永寺の根本中堂が建っていたという。忍は学生時代を京都ですごしたので、比叡山も何度か参拝している。

おそらく、あれと同じ規模の本堂が、目の前の大きな長方形をした噴水のあたりにそびえていたのだろう。他にもたくさんの堂宇があって、その片鱗《へんりん》が清水観音堂や弁天堂として残っている。

いまは面影もないが、江戸で最も壮麗な伽藍《がらん》だったにちがいない。

「信長の比叡山焼き討ちには光秀も加わっていたんだっけ」

比叡山は王城の鬼門を守る寺だった。ここは江戸城の鬼門を守る場所だ。西と東の記憶がクロスする。

「寛永寺か……」

約束までまだ時間があるので立ち寄ってみることにした。

＊

寺に電話を入れると、九鈴鏡について調べてくれた担当の遠山《とおやま》という僧侶《そうりょ》が待っていてくれた。

宮内庁職員（降旗《ふるはた》）からの紹介ということで、心なしか、話が通りやすい。

例の記録がある寺誌も見せてくれた。

「明治政府が将軍家の文物を接収ですか……。さあ。私は存じ上げませんが、そういうことはあったかもしれません」

「やはり」

「鳥羽《とば》・伏見《ふしみ》の戦の後、大坂から戻った徳川慶喜公が当寺で謹慎したのは、ほんの二ヶ月の間でしたが、慶喜公がいたために抗戦派の幕臣二、三千がこの地に集まって、彰義隊を結成したんです。江戸にとっては無政府状態の非常にデリケートな時期ですので、正直なにが起きても」

慶喜が謹慎していた部屋は今も残っている。

移築した「葵《あおい》の間」には慶喜の写真やゆかりの品が飾ってある。

そこには慶喜の書も飾ってある。

「有栖川流を嗜《たしな》んでおられたんですよ。慶喜公のお母様は有栖川宮織仁《おりひと》親王の娘さんでしたので、お母様から教わったのでしょうね」

慶喜が生まれた水戸徳川家は有栖川宮家と縁が深い。異母妹・貞子《さだこ》は大政奉還の三年後——明治三年に有栖川宮熾仁《たるひと》親王に嫁いでいる。

「江戸城明け渡し後に、江戸城に入ったのは、その熾仁《たるひと》親王でしたね」

「妹さんの旦那《だんな》さんですし、水戸徳川家と有栖川宮家は元々縁戚《えんせき》関係にあるので、何かと具合がよかったのかもしれません」

隣の部屋にはまた別の書の額がある。

「こちらは輪王寺宮《りんのうじのみや》公現法親王の書です。幕末の頃の、寛永寺の山主です」

輪王寺宮とは江戸時代、天台宗の座主を継承してきた宮の称号だ。東叡山（寛永寺）、日光山（輪王寺）、比叡山（延暦寺《えんりやくじ》）の山主を兼ねて、天台宗のみならず、日本仏教界に君臨した。歴代皇子か天皇の猶子（養子）が務め、御三家並の格式を持ち、時に将軍に並び立つほどの権威を持っていたという。

最後の輪王寺宮である公現法親王は、上野戦争で彰義隊に担ぎ出され、そのまま奥羽《おうう》越列藩同盟《えつれつぱんどうめい》の主として仙台まで北上した。旧幕府軍の大将となったために宮家でありながら朝敵とされてしまった人物だ。

「のちに還俗されて北白川宮《きたしらかわのみや》と名乗られました」

「北白川宮……あっ！　そうか。東武《とうぶ》天皇だ」

岩手での事件を忍は思い出した。あの宮様だ。台湾で亡くなったという。

歴史の流れが変わっていたなら日本は「西の明治天皇、東の東武天皇」が並立する分裂国家になったかもしれない。そんなことを想像させる人物の数奇な運命も、この寛永寺から始まったのだ。

「時代が詰まってる。すごい部屋ですね……」

待てよ？　と忍は思った。寛永寺に献上した、ということは、将軍家よりもまず輪王寺宮ではないか。九鈴鏡は輪王寺宮のもとにあったとも考えられないだろうか。

見学を終えたところで、次の約束に向かう時間になった。

「ありがとうございました。参考になりました」

「いえいえ。大してお力にもなれず。……ところで、例の九鈴鏡というのは、いま何かで巷《ちまた》で話題にでもなっているのでしょうか？」

ひょんなことを訊《き》かれ、忍は「は？」と怪訝《けげん》な顔をした。

「いえ。僕が個人的に調べているだけで、特に話題には」

「そうですか。実は少し前にも〝柴又村の九鈴鏡〟のことで質問を送ってきた方がいて」

忍の目つきが鋭くなった。

「それはいつのことですか」

「二ヶ月ほど前になりますか」

千両箱が出た、と騒ぎになるよりも、ずっと前の話ではないか。

メールだけではなく、実際に寺に足を運んで様々なことを訊《たず》ねていったという。記事にするためだと言っていた。

「記事……ライターさんか何かですか？」

「記者さんです。群馬新聞の」

ギョッとした。

まさか、と思った忍は、

「その方の名前はもしかして、桑野《くわの》記者ではありませんか。文化部の」

「あっ、そうですそうです。ご存知でしたか」

どういうことだ？

忍は愕然《がくぜん》としてしまう。

なぜ、群馬新聞の桑野記者が九鈴鏡のことを調べている？

しかも千両箱が出土するより前に。

一体、なぜ。

＊

寛永寺のすぐそばにある東京文化財研究所で古鏡の専門家から話を聞いた忍は、研究所を後にするとその足で上野から新幹線に飛び乗った。

群馬に戻るためだ。

座席に腰掛け、菓子パンをかじってコーヒーを飲みながら頭の中を整理した。

――桑野記者が九鈴鏡を調べている。

江戸時代の天明三年に起きたという「石原庚申塚の古墳暴きと遺物の祟《たた》り」の件は、自分たちも地元の寺の住職から聞いたくらいだ。地元の人間なら誰でも、少し調べれば、知ることのできる話なのだろう。それらの遺物が天明泥流で流されたことも。

だが住職が萌絵に語った話の中に「九鈴鏡」というワードは出てこなかった。

忍たちがそれを知ったのは、赤天狗《あかてんぐ》から渡された「瓦版《かわらばん》」を見たからだ。

あの瓦版はどの程度出回っているものだったのか。瓦版コレクターの中條も知らなかったくらいだから、だいぶレアだったはずだ。

それを桑野記者が手に入れた？

いや、問題は質問が届いたのは千両箱が見つかる二ヶ月も前だということだ。

偶然かもしれないが、まるでこの騒動を予知でもしていたようなタイミングではないか。

「待てよ」

萌絵の話では、住職は「それらは見つかって地元に戻ってきた。しかも埋めた」とのことだった。

あの千両箱がそうである、と桑野記者なら出土した時点で予測できたはずだ。

CTスキャンの結果はまだ公表されていない。桑野記者は千両箱が盗まれたと知った時、その中に「九鈴鏡」が入っていると推理できたのではないか。

犯人の目当てがその「九鈴鏡」であることも。

「桑野記者か……」

忍の脳裏に、ちらっとよぎったのは小さな疑惑だ。

記事にするため、と言っていたが、本当にそれだけのためなのか？


新幹線は一時間もしないうちに高崎駅に着いた。

ホームに降り立つと、少し肌寒い。

「そういえば、永倉さんから連絡がないなあ」

スマホを見ると、萌絵からメッセージが入っている。「用事ができたので、帰ったらLINEします」とある。リモートでの通常業務を抱えながらの調査作業なので、萌絵も多忙のはずだ。急ぎではないので「了解」と返信した。

ついでに降旗《ふるはた》にも一応御礼メールを送った。

乗り換え改札に向かうため、階段をおりようとした時、電話がかかってきた。

『やあ、相良。寛永寺に行ったんだね。成果はあったかい？』

降旗だった。

わざわざ電話をかけてくるとは何の探りを入れるつもりだ、と内心構えながら、忍は渋々答えた。

「おかげさまで。九鈴鏡と埴輪《はにわ》がいつ寛永寺から消えたのかはわからなかったが、貴重な〈葵の間〉を見学させてもらえましたよ」

『ああ、慶喜公が謹慎させられていた部屋か。双葉葵の壁紙が洒落《しゃれ》ていただろう』

「別にそこまででは。慶喜の書も見れましたよ。江戸城に入った有栖川宮は慶喜の妹の夫……義理の弟だったんでしたね」

『そのとおりだ。例の写真の出所も判明したぞ。まさにその有栖川宮家が所蔵していた写真だったよ』

忍は軽く絶句した。

意外なところから出てきたものだ。

『接収したというよりは皇室に献上することを慶喜公自身が望んだようで、妹婿の熾仁《たるひと》親王に託したようだ。写真はその時のものらしい』

「つまり江戸城開城後は有栖川宮家にあったということか」

『おそらく。だがその有栖川宮家が実物を収蔵していた記録はない。有栖川宮は断絶していて、その財産は高松宮家が引き継いだが、そちらにも九鈴鏡と武人埴輪などというものは見当たらない。どこかの時点で消えたようだな』

皇室にもなければ、宮家にもない。

結局、九鈴鏡が今どこにあるかは判明しなかった。

「歴史の闇に消えたってところか……」

『で、例の千両箱を盗んだ連中は、その鏡が目当てだったのか？』

忍は思わず黙った。

「……あなたの読みは、いつも心臓に悪い」

『やはりな。でなきゃ、君がわざわざ私の手など借りたりはしないだろう』

「寛永寺とつないでくれたことは感謝します」

『寛永寺は上野戦争でほとんど焼亡してしまったが、慶喜公のいた〈葵の間〉だけは焼け残った。さすがは天海大僧正の建てた寺。もっとも、戦が起きたのは慶喜公が去った後だったが、天海大僧正の魂は将軍の威光を最後まで守ろうとしたのだろうな』

「天海……？」

忍は呟《つぶや》いて「あっ」とコンコースで足を止めた。

「そうか、天海。天海大僧正……！　そういう意味か！」

『おいおい、なんだいきなり大声だして』

降旗がうろたえたように訊ねてくる。

「いいえ。ひとつ、疑問を解くとっかかりが見つかったようです。今回のみは感謝します。寛永寺のほうへは後ほど……」

話しながら自動改札をくぐった忍は、前方から近づいてきたスーツ姿の中年男性ふたり組に気がついた。忍の前に立つと、

「相良忍さんですか？」

と訊ねてくる。忍はスマホを耳から離し、

「……はい、相良ですが、どちらさまでしょう」

中年男性が上着のポケットから取りだしたのは、警察手帳だった。

「群馬県警渋川警察署の谷垣《たにがき》と申します。先日発生した棟方組のトラック窃盗事件について、いくつかお訊ねしたいことがあります」

忍は事態が飲み込めない。立ち尽くしていると、手にしたスマホから「どうしたんだ、相良」と降旗の声がする。

谷垣なる中年刑事は物腰こそ丁寧だが、眼光鋭く、否《いや》とは言えない圧があった。

「少し長くなりそうなので、今から署までご同行いただけますでしょうか」

＊

発掘現場の作業終了後、無量は買い物に行くという口実で、ミゲルに車を運転させて高崎へと向かった。

無量のもとにも萌絵からの留守電が入っていた。黒ずくめの男たちと接触したという。彼らが千両箱をトラックごと強奪した張本人で、その目的は九鈴鏡だったと。

どうやら箱を開けて、中身が九鈴鏡ではなかったと気づいたらしい。九鈴鏡の在処《ありか》を教えろ、と脅してきたと知って、無量はいてもたってもいられなくなった。

留守電はまだ続いていた。

〝……それと「大迫みどり」さんの正体がわかったよ〟

着いた場所は昨日萌絵と来たパスタ屋だ。清香《さやか》の母・新田綾香が営んでいる。今日は夜も開いていた。ミゲルは興味津々だ。

「こげん洒落た店ば、なんで知っとーと？」

「昨日永倉と来たんだよ」

「なにぃ！　俺を出し抜いて萌絵さんとデートか！　抜け駆けったい」

「ちがう。新田さんちのお店だっつーの」

扉を開けると、ディナータイムで店内はそこそこ賑《にぎ》わっている。萌絵の言った通り、いきなり迦葉山の天狗の面が目に飛び込んできた。

いらっしゃいませ、と奥から現れたのは、新田綾香だ。店名ロゴが入った赤いエプロンをつけ、忙しそうに立ち働いていたが、無量を見ると一瞬、足を止めた。

席につくと、お冷やを持ってオーダーを取りに来た。

「アラカルトは黒板にございます。本日のデザートは」

「オススメはありますか」

無量が問うと、綾香はまっすぐに無量を見つめかえし、「はい」と微笑んだ。

「猪肉のジビエ・ピッツァがオススメです」

無量はじっと上目遣いに綾香を見ている。

なにも知らないミゲルは目を皿のようにしてメニューを見ている。無量たちが注文をし終えると、綾香は厨房《ちゅうぼう》のほうに戻って言った。

「あーハラへったー。今のが新田さんのおふくろさんか？」

「うん、多分」

「色っぽかひとやなあ。あれが伝説の碓氷最速……」

目に尊敬の念がこもっている。無量も綾香の一挙手一投足をじっと観察している。

その綾香が厨房の勝手口から外に出たのが見えた。無量は思わず立ち上がった。

「どこいくと？」

「ちょっとトイレ」

化粧室にはいかず、無量は店の入口から外に出た。急いで勝手口のほうにまわると、待ち受けていたかのように綾香が暗がりに立っている。

「新田さんのお母さん、ですよね」

「………。ええ、そうです」

「娘さんの現場で働いてる発掘員の西原といいます」

綾香の顔からは店にいたときの温かく朗らかな笑みは消えている。まるで刺客のように冷たい空気をまとい、真顔になって無量を睨《にら》みつけてくる。

「あの男は誰です」

単刀直入に無量は問いかけた。

「黒いGT－Rで俺たちを追っかけてきて、越智《おち》さんを事故らせたのは」

「なんのことでしょう」

「では、あなたがこないだ庚申塚で、猟銃をぶっぱなして追い払った男は？」

綾香は緊迫した空気をまとって、無量と向き合う。

まちがいない。目の前の立ち姿を見て、無量の予想は確信に変わった。

天狗《てんぐ》の面をかぶって顔は見えなかったが、この毅然《きぜん》とした立ち姿。身長、体つき、何より、まとう空気。

あの時の「赤天狗」だとわかった。

「庚申塚で俺たちを襲ったあの男は誰ですか。千両箱を奪ったのもあいつだったみたいじゃないすか。あなたはあれが誰か、知ってるんでしょう」

「なんのことだかわからないわ」

「あいつらは九鈴鏡を狙ってた。でも千両箱の中には入っていなかった」

「なんですって」

急に綾香の顔色が変わった。

「あの千両箱を――開けたの？」

たぶん、と無量は答えた。

「ＣＴスキャンの結果が漏洩《ろうえい》したんでなければ、開けたんでしょうね」

「……なんてことを……」

綾香は青ざめていた。

開ければ榛名山が噴火する、と言っていた、その箱を開けてしまったのだ。

「今日そいつらと永倉が接触したみたいです。そいつらは俺たちが〝左文字に頼まれて碑文を解読しようとしてる〟と責め立てたって。左文字というのは、八重樫家の分家筋で発掘現場の元地権者。そして」

無量は一度、唇を引き締めてから、

「あなたのお母さん――大迫みどりさんが最初に嫁いだ家のことですよね」

綾香は意外そうな顔をした。

「どうしてそれを」

「永倉が八重樫家の長老さんちをあちこち回って、こんな写真を手に入れたって」

無量はスマホを差し出した。そこに映っていたのは、ずいぶん古く黄ばんだ白黒写真を、スマホで撮ったものだ。

古い写真に写っているのは、どこかの養蚕農家の軒先のようだ。家族写真だった。農作業着や割烹着《かっぽうぎ》に身を包んだ老若男女が笑顔で縁側に座っている。年配の夫婦が二組と若い夫婦が二組、軍服を着た者もいれば、孫のような子供たちも写っている。一家族ではなく、複数の家族なのだろう。手ぬぐいを姉さん被《かぶ》りした若い女性の笑顔がとびきり明るく目を惹《ひ》いた。

「この方ですよね。大迫みどりさん。いや、この時は……八重樫みどりさん」

そこに写る若い女性こそ、新田綾香の母親・みどりだったのだ。

「八重樫家に嫁いで、旦那《だんな》さんが戦争で亡くなって、実家に戻ったんですよね。その後、大迫家に——あなたのお父さんと結婚した。そうっすよね」

綾香は黙って写真を見つめている。

拡大した写真に写る若い頃のみどりに感慨深く見入っている。

「こんな古い写真を……よく見つけてこれたものね」

「最近あいつ有能なんすよ」

「笑顔が清香《さやか》にそっくり」

スワイプすると、次の画像は「写真の裏」だ。写っている人たちの名が記されている。みどりの隣にいる農作業着の男は「隆勝《たかかつ》」とある。白い歯を見せて笑っている木訥《ぼくとつ》な若者だ。

「このひとね……。母さんの最初の旦那さん」

綾香は知っていた。

母親は父とは再婚で、その前に結婚していた相手がいたことも。

ただ当時は珍しいことではなかった。

戦争で夫を亡くし、実家に出戻ったり、夫の兄弟と結婚したりすることもよくあったという。

「みどりさんは跡取りがいなくなった〝前の嫁ぎ先〟の菩《ぼ》提《だい》寺《じ》に、毎年供養料を納めてたんすね」

その供養料は、この写真に写る人々を弔うためのものだったのか。

綾香が口を開いた。

「母は言ってました。左文字の家は絶えてしまったから、先祖供養をする者もいない。自分は別の家に嫁いだ身だが、せめて自分が生きている限りは供養を続けたいと」

夫には黙っていたという。決して裕福な家ではなかったので、必死にやりくりをして、自分の洋服代や化粧品代を削り、行商をしたり古着を作り直したりしてコツコツ貯めた金だった。

なぜそこまで、と綾香も思ったが、この写真の笑顔をみればわかるのだ。

「きっと良い方たちに恵まれた、幸せな結婚だったんでしょうね……」

自分の知らない母の過去に思いを馳《は》せる綾香は、おそらく自分の過去も重ねている。土砂災害で亡くなった夫とその実家の人々のことを。

綾香の気持ちを汲《く》み取りつつ、無量には言わなければならないことがあった。

「あの黒ずくめの男は永倉にこう言ったそうです。〝九鈴鏡の在処は左文字が知っている〟と。……その左文字とは、みどりさんのことですか」

「九鈴鏡が今どこにあるかは、私も母も知らない。手がかりは、あの瓦版《かわらばん》だけなのよ」

静まりかえった住宅地には、近くの田んぼのカエルの声が響いている。

無量は意を決して、訊《たず》ねた。

「九鈴鏡にはなにがあるんです。碑文とはなんのことすか。それを解読するために必要なんすよね。解読するとなにがどうなるんです。あいつの本当の目的はなんなんすか」

綾香は語ることを躊躇《ちゅうちょ》している。

「これ以上話したら、あなたたちまで巻き込んでしまう」

「もうとっくに巻き込んでますよ」

無量はぶっきらぼうに言った。

「答えられないなら、……左文字の家というのはなんなんすか。あの千両箱を埋めたのは、左文字の先祖だったんすか」

「そうだと思うわ」

それは母みどりがまだ「八重樫の嫁」だった頃、姑《しゅうとめ》から聞かされた話だという。

「〝この家の庭には千両箱が埋まっている。その中には鈴のついた鏡と武人の埴輪《はにわ》が入っているはずだが、もし見つけても決して開けてはいけない。それらは埋めておかなければならない〟と」

「その理由が〝榛名山が噴火するから〟……すか」

「八重樫家はその昔、庚申塚の守人だったのよ」

古来、塚守を務めてきた家だった。

その塚を暴けば、榛名山が噴火する、と言い伝えられてきたという。

「庚申塚は、はるか昔、榛名山の神を祀《まつ》ってきたひとのお墓だと言われてきた。あの塚だけじゃない。周辺の古墳群は、火山の神の怒りに触れないようにこれを祀り、噴火した時はこれを鎮める祭祀《さいし》集団の墳墓だった」

「火山の、神」

「アズマテラス」

前にも聞いた。赤天狗が口にした。

アマテラスではなく、アズマテラス。

「それは火山の神の名であり、同時に、それを祀る集団を指した呼び名だったそうよ。いまでも八重樫家には祀ってあるはず」

無量は知らなかったが、萌絵が見ている。

八重樫家の庭にあった奇妙な形の石祠《いしほこら》。それはただの屋敷神ではなかった。

それこそが「アズマテラス」の社《やしろ》だったのだ。

「でも八重樫さんからはなにも」

「八重樫の本家は、塚が暴かれて、もう守るべきものがなくなってしまったから、お役御免になり、いつしか伝えることもなくなったのでしょうね」

「なら、なんで分家のほうの左文字には伝わってたんすか」

「アズマテラスの鏡を回収したのは左文字だったから」

分家筋である左文字の先祖だった。浅間山噴火の後、天明泥流で流された九鈴鏡と武人埴輪を捜しに旅に出たのは。

利根川を下り、江戸にまで赴き、何年もかかってそれを回収したという。

人々はその功績をたたえ、以来、「アズマテラスの御神体であるところの九鈴鏡」を守る役目は、左文字が担うようになったのだ。

「……でも、千両箱に入っていたのは七鈴鏡だったんすよ」

「清香から聞いたわ」

つまり、贋物《にせもの》だった。

捜していた本物の鏡ではなかったのだ。

「左文字の先祖は、本当は、見つけられなかったのかもしれない。いくら捜しても見つからず、見つかるまでは故郷にも帰れず、どうにも致し方なくて、代わりの鏡と埴輪を用意して『榛名山を鎮めるための忌み具』として持ち帰った。それがあの中にあった七鈴鏡と埴輪の正体だったのかもしれない」

「でも、あの黒ずくめたちは左文字が九鈴鏡の在処《ありか》を知ってるって言い張ってたようですよ」

「もう二百年以上も前の話よ。私も母も、どこにあるかなんて知るわけがない」

「なら、あの黒ずくめはなんなんすか。あいつら何者なんすか」

質問攻めにされて、綾香は途方にくれたような顔をした。

だが、開き直ったのか、無量の目を見て言った。

「強心隊」

「きょう……しん？」

「強い心の隊と書いて強心隊《きょうしんたい》。幕末の高崎藩を調べるといいわ。必ず出てくるから」

強心隊。無量は初めて聞く名前だった。

幕末にはあちこちで様々な集団が結成されたが、そのひとつか。でもなぜ幕末の集団が現代に？

「その……強心隊というのの目的はなんなんすか。碑文を解読するとか言ってたようですけど」

「私が知っているのは、その強心隊こそが、左文字が千両箱を埋めた理由だということ。左文字のお姑さんが母に言っていたのよ。〝強心隊の連中が御神体を狙っているから、義理のお父《と》っさまが千両箱に入れて土に埋めて隠した〟と」

大迫みどりの姑の「義理の父」。大迫みどりからすると「義理の祖父」。綾香からすると、曾祖父《そうそふ》の世代にあたる人物か。

「埋めたのは幕末ってことすか」

「そうだと聞いてるわ」

「では〝厳穂碑の碑文〟というのは」

「わからない。母もそんなことまでは何も……」

と言いかけて、綾香は急にハッとした。目を見開いて、

「待って。もしかしてアレのこと？」

「心当たりがあるんですか」

「拓本」

綾香はにわかに心が騒ぎ始めたようだった。

「母が入院した後、母の家の仏壇を掃除していたときに見つけたの。なにかの石碑の拓本のようなものが、古い手紙と一緒に入ってた」

「石碑の拓本っすか。その一緒に入ってた手紙っていうのは？」

「くずし字で書かれていて私には読めなかったけど、紙も黄ばんで劣化してて。そうとう古いものだとはわかったけど、母は書の心得もあったから、その関係かと」

それだ、と無量は思った。

「それじゃないですか。きっとそれが〈厳穂碑〉の拓本だ。見せてください。その拓本

「……！」

「だめよ、ママ！」

背後からいきなり鋭い声があがった。

振り返ると、そこにいたのは清香《さやか》だ。その手にあるのはライフルだ。銃を構えている。

「ママから離れなさい、西原くん！」

無量は思わず両手を挙げて凍りついてしまった。

「ちょ……待って。新田さん。なにか勘違いして――」

「ママ、だまされちゃだめ。このコも強心隊のひとりかもしれない」

「やめなさい、清香！」

「千両箱が盗まれたのも中身が漏れたのも、このコたちのしわざかも」

「ごご誤解誤解！」

「銃をおろしなさい、清香！　このひとたちは違うわ。強心隊に襲われてたのを私が助けたのよ」

清香がようやく猟銃をおろしたので、無量は胸を撫《な》で下ろした。

「襲われたの？　西原くんたちも」

「はい」

「じゃあ、うちのこと嗅《か》ぎ回ってたのは」

「今日来たのは赤天狗《あかてんぐ》の正体を確かめるためっす。だから銃はやめて銃は」

「本物じゃないわ。これは祖父が集めていたモデルガン」

「ごめんなさいね、西原くん。でもこれでやっと左文字のお姑さんが言ってたことの意味が呑《の》み込めたわ」

綾香は長年の謎が解けたとばかりにうなずいてみせた。

「九鈴鏡を強心隊に渡してはいけない理由。それは、彼らが神を怒らせる祝詞《のりと》を捜しているから」

「神を怒らせる、祝詞……？」

「母が左文字の家で祝言をあげたその夜に、お姑さんから、まるで左文字の家訓のように言い含められた言葉があると。それが――」

〝もし強心隊の者が来ても地中に埋めたアズマテラスの御神体は決して渡してはなりません。彼らは御神体に刻まれた「神を怒らせる祝詞」を捜して、山を噴火させようとしている〟

無量は愕然《がくぜん》とした。

山を噴火させようとしている？　榛名山のことか？

「それじゃまるでテロリストじゃないすか！」

「そうだよ。テロリストだよ」

清香《さやか》も祖母を通じて一連の話は全て知っているようだった。

「そんなことのために亨さん大怪我させて、みんなを怖い目に遭わせて。テロリストのようなものだよ。だから、あの千両箱は出しちゃいけなかったんだよ!」

「過ぎたことを言っても仕方ないでしょう。まさか本当に強心隊が動き出すとは思わなかったのだから」

綾香はいたく冷静だった。

「その〈厳穂碑《いかほひ》〉というものにも祝詞が書かれているのかもしれませんね。でも完全ではないのかも……。その拓本を解読してみましょう。九鈴鏡が彼らのもとにもないことはわかったけれど、彼らが今度見つけださないとも言い切れない」

「山を噴火させるなんて、本当に信じるんすか」

真顔になった無量の問いに、綾香は答えた。

「迷信かもしれない。でもそのために越智くんたちが危険な目に遭ったのよ。見て見ぬふりはしていられないわ。君はどうなの? 西原くん」

綾香は静かに問いかけた。

「宝物発掘師《トレジャー・ディガー》、西原無量」

いきなりその名で呼ばれ、無量は心臓が跳ねた。

「あなたの〈鬼の手〉も、誰もが迷信だと思い込むようなことを現実にしているのではないですか」

「知りません。俺の右手はそんなのとはちがう」

それに、と言い、無量は目線を落とした。

「……俺の右手はもう〈鬼の手〉なんかじゃありませんから」

清香《さやか》と綾香は怪訝《けげん》そうな顔をした。

そこへ「西原！」と声があがり、店の入口のほうからミゲルが駆けてきた。

血相を変えて、激しく取り乱している。

「ここにおったとか、大変たい！」

「なんだ、今度はなにが起きた」

「いま、さくらから電話が」

息せき切って、ミゲルがスマホを差し出した。

無量も首をひねって、スピーカーモードになっているスマホに呼びかけた。

「どうした、さくら？　なんかあったのか」

『い……いま、警察から電話があって』

「警察？　なに。千両箱が見つかったのか？」

ちがう！　とさくらは甲高い声で訴えてきた。

『相良さんが警察に捕まっちゃったって！』

「捕まった？　忍が！」

思わず無量の声も大きくなった。

「なんで忍が。なんにも悪いことしてないだろ！」

まさか榛名湖でスピード違反でも取られたのか、と思ったが、さくらは「ちがうちがう」と言い続ける。

『千両箱のっけたトラックを盗んだ容疑だって……！』

ばかな！　と無量は叫んで、絶句してしまう。

忍がトラック窃盗犯に仕立て上げられたとでもいうのか。

清香たちも言葉がない。ミゲルも激しくうろたえている。

「そんなばかなことがあるかッ。どげんしよ、西原」

「どげんしよって言われたって……」

頭が真っ白になっていると、今度は無量のスマホが震えだした。

警察からか？　と思って見たが、どうやら非通知のようだ。

嫌な予感がして、すぐに出た。

「……もしもし」

『西原無量か』

返ってきたのは、聞いたこともない男の声だった。

無量の表情が瞬時に変わった。

「誰だ、おまえ」

スマホから聞こえてきた声は、ぼそぼそと地を這《は》うように低く、こう伝えてきたのだ。

『永倉萌絵さんと言ったかな。ちょっと意気投合してしまってね。彼女から今、いろいろ興味深い話を聞いていたところだ』

「なんだと。おまえ、まさか」

電話の向こうで低く笑う声が聞こえた。

強心隊だ、と男は名乗った。

『永倉さんは我々との交渉に応じてくれている。彼女を無事に家まで帰したければ、九鈴鏡を用意してくれ。君のその右手で』

つづく

主要参考文献

『古墳人、現る　金井東裏遺跡の奇跡』
群馬県埋蔵文化財調査事業団 編　上毛新聞社事業局出版部
『浅間山大噴火の爪痕　天明三年浅間災害遺跡』関俊明　新泉社
『自然災害と考古学　災害・復興をぐんまの遺跡から探る』
群馬県埋蔵文化財調査事業団 編　上毛新聞社事業局出版部
『群馬県古墳総覧2017』群馬県教育委員会事務局文化財保護課 編　群馬県教育委員会
『歴史に語られた遺跡・遺物　認識と利用の系譜』桜井準也　慶應義塾大学出版会
『文化財報道と新聞記者』中村俊介　吉川弘文館

なお、作中の発掘方法や手順等につきましては実際の発掘調査と異なる場合がございます。また考証等内容に関する全ての文責は著者にございます。

執筆に際し、数々のご示唆をくださった皆様に心より感謝申し上げます。

本書は、文庫書き下ろしです。

遺跡《いせき》発掘《はつくつ》師《し》は笑《わら》わない

榛名山《はるなさん》の荒《あら》ぶる神《かみ》

桑原水菜《くわばらみずな》

令和4年 6月25日　初版発行

発行者●青柳昌行

発行●株式会社KADOKAWA
〒102-8177　東京都千代田区富士見2-13-3
電話　0570-002-301(ナビダイヤル)

角川文庫 23226

印刷所●株式会社暁印刷
製本所●本間製本株式会社

表紙画●和田三造

ISBN 978-4-04-112490-1　C0193

◇◇◇

角川文庫発刊に際して

角川源義

第二次世界大戦の敗北は、軍事力の敗北であった以上に、私たちの若い文化力の敗退であった。私たちの文化が戦争に対して如何に無力であり、単なるあだ花に過ぎなかったかを、私たちは身を以て体験し痛感した。西洋近代文化の摂取にとって、明治以後八十年の歳月は決して短かすぎたとは言えない。にもかかわらず、近代文化の伝統を確立し、自由な批判と柔軟な良識に富む文化層として自らを形成することに私たちは失敗して来た。そしてこれは、各層への文化の普及滲透を任務とする出版人の責任でもあった。

一九四五年以来、私たちは再び振出しに戻り、第一歩から踏み出すことを余儀なくされた。これは大きな不幸ではあるが、反面、これまでの混沌・未熟・歪曲の中にあった我が国の文化に秩序と確たる基礎を齎らすためには絶好の機会でもある。角川書店は、このような祖国の文化的危機にあたり、微力をも顧みず再建の礎石たるべき抱負と決意とをもって出発したが、ここに創立以来の念願を果すべく角川文庫を発刊する。これまで刊行されたあらゆる全集叢書文庫類の長所と短所とを検討し、古今東西の不朽の典籍を、良心的編集のもとに、廉価に、そして書架にふさわしい美本として、多くのひとびとに提供しようとする。しかし私たちは徒らに百科全書的な知識のジレッタントを作ることを目的とせず、あくまで祖国の文化に秩序と再建への道を示し、この文庫を角川書店の栄ある事業として、今後永久に継続発展せしめ、学芸と教養との殿堂として大成せんことを期したい。多くの読書子の愛情ある忠言と支持とによって、この希望と抱負とを完遂せしめられんことを願う。

一九四九年五月三日